젤라 그린

① 청결의 여왕

SEOUL, 2018

남편과 가족에게

젤라 그린 ①청결의 여왕

초판 제1쇄 인쇄일 2018년 5월 25일
초판 제1쇄 발행일 2018년 5월 30일
지은이 버네사 커티스 옮긴이 장미란
발행인 이원주 본부장 김문정
편집 박진희, 장혜란, 고한빈, 김민정 디자인 남희정, 김나영
마케팅 이홍균, 김동명, 박병국, 양윤석, 명인수, 이예주
저작권 이경화 제작 정수호
발행처 (주)시공사 주소 서울시 서초구 사임당로 82
전화 영업 2046-2800 편집 2046-2821~4
인터넷 홈페이지 www.sigongsa.com

Zelah Green: Queen of Clean
Original English language edition first published in 2009
under the title Zelah Green: Queen of Clean by Egmont UK Ltd.,
239 Kensington High Street, London W8 6SA
Copyright ⓒ 2009 by Vanessa Curtis
All rights reserved.
The Author has asserted her moral rights.
Korean translation copyright ⓒ 2018 by sigongsa Co., Ltd.
Korean edition is published by arrangement with Egmont UK Ltd.,
through PK Agency, Korea

이 책의 한국어판 저작권은 PK Agency를 통해
Egmont UK Ltd.와 독점 계약한 (주)시공사에 있습니다.
저작권법에 의해 한국 내에서 보호받는 저작물이므로
무단 전재와 무단 복제를 금합니다.

ISBN 978-89-527-8717-0 43840 ISBN 978-89-527-5572-8 (세트)

*홈페이지 회원으로 가입하시면 다양한 혜택이 주어집니다.
*잘못 만들어진 책은 구입하신 서점에서 바꾸어 드립니다.

젤라 그린

① 청결의 여왕

버네사 커티스 지음 · 장미란 옮김

시공사

✦ 차례 ✦

제1장

내 이름은 젤라 그린, 나는 결벽증이 있다.

그래서 세균 경보에 신경 쓰는 데 대부분의 시간을 쓴다.

세균 경보는 이럴 때 울린다. 사람들이 씻지 않은 손으로 나를 만지려 하거나 코 푼 화장지를 농구하듯 휴지통에 던졌는데 들어가지 않거나, 더 심하게는 그 휴지가 내 쪽으로 날아올 때, 그럴 때 머릿속에서 세균 경보가 울린다. 또 개나 고양이, 쓰고 물을 내리지 않은 화장실, 손자국으로 번들거리는 지하철 기둥, 덮개를 씌우지 않은 컴퓨터 자판과 휴대폰, 키스나 기침, 사람들이 말할 때 튀는 침 등 체액이 묻는 모든 행위들에 대해서도 세균 경보가 울린다.

세균 경보가 울리지 않을 때는 오염 경보가 울린다.

오염 경보는 사람들이 정원에서 맨발로 벌레와 잔디와 흙을 밟고 다니다가 집 안에 들어올 때 울린다. 옷 보풀이나 부스러기, 까맣게 때가 낀 손톱, 땀투성이 사람들, 가스레인지에 들러붙은 기름, 오래된 버터 포장지, 접시나 창문에 묻은 얼룩이나 창틀에 쌓인 먼지에도 오염 경보가 울린다.

오염 경보는 세균 경보만큼 심각하지는 않지만 그래도 내 시간을 많이 빼앗아 간다.

내가 학교에 다니는 것도 기적이다.

지금 집 앞에서 학교 버스가 기다리고 있다. 반짝반짝 빛나는 깨끗한 내 방 창문 바로 앞에서 버스가 잿빛 매연을 내뿜고 있다. (유감스럽게도 그 마름모꼴 격자 창살은 오늘 아침에 닦아 놓은 것이다.)

우리 집 현관에는 까만 테두리에 금빛 소용돌이 장식이 있는 거울이 있는데, 지금 새엄마와 함께 그 거울 앞에 서 있다. 새엄마의 취향인 그 거울도 싫고 새엄마도 싫다.

거울 한복판에 크고 시커먼 얼룩이 묻어 있다. 오염 경보. 얼룩을 노려보고 있는 나를 새엄마가 노려보고 있다. 닦기만 해 봐라 하는 표정이다.

새엄마는 내가 하는 의례 행위들을 못 견뎌 한다. 내가 새엄마보다 더 어리고 말랐다는 사실도. 오늘은 내 몰골이 말이 아니다. 하도 박박 씻어 대 얼굴은 불긋불긋 화끈거리고, 까만 머리카락도 사방으로 뻗쳐 있다.

새엄마도 까만 머리인데, 몽글몽글 구름 모양으로 공들여

손질한 머리카락이 다람쥐처럼 날카로운 얼굴을 감싸고 있다. 호두색 파운데이션으로 얼굴의 주름을 채우고 어울리지 않게 빨간 립스틱을 발랐다.

새엄마의 손이 내 어깨 바로 위 허공에 멈춰 있다. 그 손끝에 묻은 더러움과 땀이 새것처럼 깨끗한 내 하얀 셔츠에 스며들 것만 같아 불안하다.

지난 2년 동안 새엄마와 잘 지내려고 애써 왔고, 새엄마도 나름대로 꽤 애를 썼지만 별 효과가 없었다. 우린 달라도 너무 달랐다. 새엄마는 나의 의례 행동과 짜증스러운 성격을 좋아하지 않는다. 나도 새엄마가 엄마의 빈자리를 채우려 드는 것도 맘에 안 들고 아빠 이야기를 할 때마다 못마땅한 표정을 짓는 것도 맘에 안 든다.

"젤라야."

새엄마가 말하려다가 멈춘다. 내가 앞뜰의 제라늄을 정확히 똑같은 높이로 다듬어 놓은 것을 본 것이다.

새엄마는 한숨을 푹 내쉬더니 이를 악문다.

"할 말이 있어. 중요한 이야기야."

그 순간 학교 버스가 빵빵거리며 지저분한 잿빛 매연을 다시 내뿜는다.

단짝 프랜이 핏줄이 터질 듯이 흥분해서 방방 뛰는 모습이 눈에 선하다. *중대한 세균 경보다.* 청소거리만 늘어나게 생겼다.

나는 새엄마의 말을 가로막는다.

"나중에요."

나는 피투성이 범죄 현장을 조사하는 사람처럼 하얀 화장
지로 손을 감싼다. 아니, 이 경우에는 오염 현장이라고 해야
겠지.

싹. 거울의 얼룩이 사라진다.

나는 책가방을 휙 둘러메고 버스를 향해 뛰어간다. 거울을
보고 매일같이 '동안 만들기' 얼굴 체조를 하는 새엄마를 뒤
로한 채.

프랜은 정말 멋진 단짝이다. 만날 멋지다고 표현하는 것도
지겨워서 오늘은 어젯밤 사전에서 찾은 새로운 단어를 써
보기로 한다.

"프랜, 넌 정말 세련된 아이야."

반지르르한 갈색 얼굴에 미소가 번진다.

프랜이 투덜거린다.

"피곤해 죽겠어. 엄마한테 인터넷 하는 법을 가르쳐 주느
라 엄청 늦게 잤거든."

프랜은 내가 먼지 걱정 없이 자리에 앉을 수 있게끔 A4 용
지를 미리 버스 의자에 깔아 놓았다. 내 학교 사물함에는 깨

끗한 A4 용지와 휴대용 화장지가 가득 들어 있다. 사물함 안에 방향제를 넣어 두는 아이는 학교에서 나밖에 없다.

프랜이 말하고 있다.

"다시 쓸 거니까 조심해. 엉덩이 자국 남으면 죽어. 오늘 소네트를 짓는대."

프랜이 박하사탕을 내민다. 내 맘에 쏙 들게끔 뜯지도 않은 새것이다. 나는 포장지에 닿지 않도록 손톱을 갈고리처럼 세워서 하얗고 동그란 사탕만 쏙 빼내 입에 넣었다.

사탕을 빨아 먹으니 박하 향이 진하게 풍긴다. 프랜은 내쪽으로 숨을 뿜어도 내가 싫어하지 않도록 이를 깨끗이 닦았다. 나는 얼마나 이를 박박 닦았는지 칫솔모가 미친 수양버들 가지처럼 벌어져 있다.

프랜은 버스에 타면 늘 금세 곯아떨어진다. 버스가 급커브를 돌자 작고 단단한 코코넛이 내 어깨로 툭 떨어진다.

나는 한숨을 쉬고 프랜의 머리를 치우고 화장지를 댄 다음, 다시 프랜의 머리를 올려놓는다. 머리카락이 깨끗한지 냄새를 맡아 본다. 제비꽃 향기와 닭고기파이, 캐러멜 냄새가 난다.

프랜에게는 부러운 점이 많다. 이를테면 우리 반 남자아이들 모두가 프랜 앞에서는 바보같이 멍해지는데도 프랜은 땋은 머리를 뒤로 홱 젖힐 뿐 신경도 쓰지 않는다. 프랜은 그 모든 것들을 초월해 있다.

어디에서나 금방 잠드는 것도 부럽다. 나는 입을 쩍 벌리고 코를 고는 통학생들의 바다 가운데서 홀로 뻣뻣이 굳은 흰족제비처럼 앉아 있다. 이런 상황에 우월감을 느낄 때도 있다.

하지만 보통은 그저 짜증스러울 뿐이다.

지금도 그렇다. 오늘 아침 새엄마가 무슨 말인가 하려고 했다는 이야기를 프랜한테 털어놓고 싶다. 새엄마는 무슨 이야기를 하려던 것일까?

내 어깨에 얹힌 머리가 조그맣게 쿵 소리를 낸다.

나도 화끈거리는 얼굴을 단짝의 보드라운 머리에 기대고 싶지만, 그것은 도저히 있을 수 없는 일이다.

대신 창밖만 바라본다.

옷 가게들과 색색의 옷을 입은 사람들과 귀여운 개들이 지나가고 있겠지만 내 눈에는 보이지 않는다.

그런 것들에 눈길을 돌릴 여유가 없다.

내 눈은 다른 것에 붙박여 있다.

바로 초록색 학교 버스 창문에 묻은 얼룩들이다.

제2장
....

여러분은 내가 어쩌다 이런 이상한 이름을 갖게 되었는지 궁금할지도 모르겠다.

어렸을 때 잠이 잘 안 오는 밤이면 엄마는 침대맡에 앉아 내 이름을 어떻게 지었는지 들려주고는 했다.

엄마는 불그스름한 녹 빛깔 캠핑카에서 아빠와 사랑을 나누고 나를 가졌는데, 그 장소의 이름을 따서 내 이름을 지었다고 했다.

다음 날 아침, 아빠는 일어나서 분젠 버너에다 소시지를 굽고, 엄마는 캠핑카에서 나와 들판 위로 떠오르는 해를 손 차양으로 가리며 그곳이 어딘지 알아보러 갔다고 한다.

"여기가 젤라래요."

엄마는 아빠에게 큰 소리로 말했다. 아빠는 노란 드라이버 끝에 소시지를 끼우고 눈을 깜박거리며 캠핑카에서 나왔다.

아빠가 큰 소리로 되물었다.

"뭐라고?"

엄마는 눈알을 굴리며 '다정하면서도 화난 표정'을 지어 보였다. 그러고는 나직하게 다시 말했다.

"젤라, 여기가 젤라라고요. 콘월주래요."

엄마는 불에 탄 소시지를 낚아채 어린아이처럼 꽥 소리를 지르며 양귀비꽃 들판을 뛰어갔다. 그때 엄마는 겨우 열여덟 살이었고 아빠는 스물둘이었다. 두 사람은 직장과 부모로부터 달아나 콘월주 해안가에서 새로운 삶을 시작하려 했다. 때는 80년대로, 엄마는 몸에 딱 붙는 무릎길이 반바지에 주름 장식이 달린 하얀 셔츠를 입고 큼직한 링 금귀고리를 하고 까만 머리카락은 말총머리로 묶고 있었다. ("그땐 정말로 그렇게 입고 다녔단다." 엄마는 믿지 못하는 내 표정을 보며 그렇게 말했다.)

아빠는 그때도 지금과 똑같은 차림이었다. 빨간 체크무늬 셔츠와 청바지에 투박한 팀버랜드 부츠 차림 말이다.

엄마는 열아홉 살 무렵 까만 머리에 볼이 발그레한 여자 아기를 낳았다. 바로 나다.

엄마가 병원 아기 침대에 누운 나를 가만 들여다보노라니 펜잔스(잉글랜드 콘월주 서남부의 항구 도시 : 옮긴이)로 가는 길에 그 비 새는 캠핑카에서 보낸 마법 같은 밤이 떠올랐다고 한다.

엄마는 달콤한 아기 냄새를 킁킁 맡으며 중얼거렸다.

"그래, 젤라로 하자. 네 이름은 젤라라고 할 거야. 젤라."

그렇게 해서 내 이름이 젤라가 되었다고 한다.

사실 이런 이야기는 죄다 거짓말이다. 하지만 열두 살 때까지는 사실로 믿고 있었다. 그러다 엄마가 죽은 뒤 어느 밤에 아빠가 내 방에 들어와서 눈물을 보인 적이 있다.

"엄마랑 아빠는 그때도 계속 싸워 댔단다."

아빠는 얼굴을 감싸 쥐고 있었다. 뜨거운 눈물이 손가락 사이로 새어 나와 주름지고 거친 손을 타고 천천히 흘러내렸다.

아빠는 맥주와 담배 냄새를 풍기며 괴상한 트림 소리를 자꾸 냈다. 게다가 아빠가 입을 벌릴 때마다 침과 뒤엉긴 감자칩 덩어리가 보여 더 끔찍했다.

으, 징그러워.

"네가 태어난 날 밤에도 싸웠단다."

아빠의 말에 나는 얼굴을 찡그렸다. 엄마가 얘기해 준 바로는, 그때 아빠는 집에서 굵은 시가를 피우며 내가 태어났다는 경이로운 소식을 친구들과 친척들에게 전화로 알리고 있었다.

나는 감자칩을 어적어적 씹고 있는 아빠한테 되도록 눈길을 주지 않으려 애쓰며 엄마한테 들은 대로 말했다.

아빠는 크게 딸꾹거리며 말했다.

"엄마는 너만큼은 우리가 완벽한 결혼 생활을 하고 있다고 믿게 해 주고 싶어 했지. 사실은 나도 그날 밤 병원에 있었단다."

아빠는 눈 깜짝할 사이에 소중한 추억을 산산조각 내 가짜 플라스틱 쪼가리로 만들어 버렸다.

나는 무엇 때문에 싸웠는지 물었다. 큰 실수였다.

"네 이름 때문이지."

아빠는 감자칩 봉지를 말아서 바닥에 내던지며 말했다.

"나는 루이즈라고 짓고 싶었지만, 네 엄마는 너무 나약하고 따분한 이름이라면서 뭔가 이국적이고 괴상한 이름을 내세우려고 했지. 오로지 날 괴롭힐 속셈으로 말이야."

"그래서 어떻게 되었어요?"

나는 바닥에 떨어진 빈 봉지에서 눈을 떼지 않은 채 아빠의 소금기 묻은 축축한 손이 나한테 닿을까 봐 슬금슬금 물러나고 있었다. 그때만 해도 오염에 대한 공포는 거의 없었다. 세균 경보나 오염 경보 같은 것은 아직 생겨나지 않았다.

아빠가 말했다.

"네 엄마는 침대맡 탁자에서 〈전원 하이킹〉이라는 잡지를 집어 들었어. 눈을 감고 잡지를 휘리리릭 넘기다가 아무 데 나 짚었지."

아빠는 다시 딸꾹질을 하면서 손가락으로 내 다리를 꾹 짚었다. 나는 몸을 움츠렸지만 아무 말도 하지 않았다.

"엄마가 눈을 떠 보니 손가락 끝에 '젤라'라는 단어가 있었어. 그렇게 된 거란다. 그래서 네 이름이 젤라가 된 거야."

"아."

그쯤 되자 나는 몹시 속상하고 짜증 났다.

"그러니까 콘월로 낭만적인 캠핑을 떠난 데서 제 이름을 따온 게 아니라고요?"

"미안하지만 그렇단다. 캠핑은 간 적도 없어. 네 그 유치한 환상들을 깨뜨려서 미안하다만, 사실 널 갖게 된 곳은 뎃퍼드의 눅눅한 임대 아파트란다. 바퀴벌레도 있었지."

아빠는 코를 팽 풀고 방에서 나갔다. (나는 콧물이 튀는 걸 피하려고 이불을 뒤집어썼다.) 정체성이 산산조각 난 채 나 홀로 침대에 남아 있었다.

더는 안전한 것도 믿을 수 있는 것도 없었다. 나의 과거는 거짓이었고, 내 이름은 아무렇게나 지어졌고, 엄마는 죽었으며, 아빠는 회한과 죄책감에 사로잡혀 술독에 빠져 지냈다.

바로 그때부터 의례 행위가 내 인생을 지배하기 시작했다.

어떤 의례 행위들인지 다음 장에서 정확히 설명하겠다.

제3장

||||||||||||||||||||

나의 의례 행위들은 세균 경보와 오염 경보 때문에 생겨났다.

몇 가지 의례 행위들을 소개해 볼까.

제정신이 아닌 것 같겠지만 나에게는 정상적인 행동들로, 집을 나서기 전에 반드시 해야 하는 일이다. 학교에 지각할 것 같을 때는 갈등이 생기지만, 의례 행위를 치르지 않았다가는 온 하루가 엉망이 된다. 걱정되고 불안해서 어떤 것에도 집중하지 못한다.

듣고 있는 음악에 따라 의례 행위는 조금씩 달라진다. 그린 데이 음악을 듣고 있다 치자. 그럴 땐 첫 곡이 끝나자마자 욕실에 들어간다. 노래 네 곡이 흐르는 동안 손을 씻는다. 손을 제대로 씻으려면 오른손과 왼손을 31번씩 씻어야 한다. 순조로운 날이면 5번 곡이 끝나는 순간 손 씻기도 끝난다. 운이 나쁜 날에는 수건을 집으려다 실수로 변기에 손이 닿기도 한다. 그러면 다시 31번씩 손을 씻어야 하는데, 그러다 보면 8번 곡까지 간다. 손을 씻고 나면 손톱 솔에 깨끗하고 하얀 비누를 묻혀서 얼굴 피부가 벗겨질 때까지 박박 닦는다. 10번 곡이 나올 때쯤 옷을 입고 머리를 빗는다. 머리카락은 31번 빗는다. 빗질을 마친 뒤에도 머리카락은 여전히 까만 덤불숲처럼 부스스하지만, 그런 건 하나도 중요하지 않다. 마지막 빗질이 11번 곡의 마지막 음과 동시에 끝나기만 바랄 뿐이다. 절대로 12번 곡까지 넘어가면 안 된다. 만일 넘어가게 되면 온종일 재수가 나쁘고 내가 사랑하는 사람들이 차에 치이거나 절벽에서 떨어지거나 할지도 모른다. 그러니까 절대로 12번 곡까지 가서는 안 된다. 카이저 치프스(1997년 영국에서 결성된 록 밴드 : 옮긴이)의 시디를 틀어 놓았을 때는 12번 곡까지 간 적이 딱 한 번 있지만, 그 시디는 노래들이 짧아서 괜찮다.

맨 꼭대기 계단에서 128번 뛰고 아래층으로 내려가 맨 아래 계단에서 신발을 갈아 신는다.

아침을 먹으러 아래층에 내려가면 다시 2층에 올라올 수 없다. 안 그러면 처음부터 다시 씻어야 한다.

책가방을 2층에 두고 내려오기라도 하면 정말 짜증 난다. 게다가 새엄마까지 출근해 버린 뒤라면 막막해진다.

"죄송하지만 숙제를 했는데 2층에 있어서 못 가져왔어요. 안 그러면 손을 31번씩 다시 씻어야 하거든요." 같은 변명은 선생님들에게 통하지 않으니까.

의례 행위는 이것만이 아니다.

옷장 정리도 있다.

옷이 다닥다닥 걸려 있으면 미치겠다. 옷 사이의 간격이 반드시 4센티미터여야 해서 항상 벽장에 자를 두고 간격을 잰다. 옷을 선물하는 자에게 화가 있을진저. 새 옷이 들어오면 딱딱 재 놓은 간격이 다 흐트러지기 때문에 무례를 무릅쓰고 옷을 돌려주거나 화장지에 싸서 옷장 맨 위 선반에 올려 둔다.

학교 가기 전에 마지막으로 하는 일은 이렇다.

확인하기. 바로 이런 것들을 확인한다.

주전자가 꺼져 있는지 확인한다. (10번까지)

뒷문이 잠겨 있는지 확인한다. (10번까지)

부엌 조리대에 음식 부스러기가 떨어져 있는지 확인한다. 만일 있다면 비닐장갑을 끼고 깨끗한 화장지로 닦아 낸다. 쓰레기통에 손이 닿지 않도록 조심하며 화장지를 버린다. 혹시라도 손이 닿으면 왼손 오른손 순서로 31번씩 씻는다.

찬장에 있는 병들과 깡통들의 상표가 모두 앞을 향해 가지런히 줄지어 있는지 확인한다.

텔레비전은 플러그까지 빼 놓았는지 확인한다.

전등이 모두 꺼져 있는지 확인한다.

커튼들이 똑같은 간격으로 열려 있는지 확인한다.

창문이 모두 잠겨 있는지 확인한다.

이것이 내가 아침에 치르는 의례 행위와 확인 사항들이다. 저녁 의례 행위는 학교에서 돌아오면 시작된다. 바로 이런 것들이다.

학교에서 신고 온 신발은 2층으로 올라가는 계단 앞에서 슬리퍼로 갈아 신는다.

난간에 손을 대지 않고 2층으로 올라간다.

계단을 다 올라가면 128번 뛴다.

샤워한다.

교복을 갈아입는다.

왼손과 오른손을 차례로 31번씩 씻는다.

화장실에 가게 되면 다시 손을 씻는다.

내 방에서 숙제를 한다.

계단 꼭대기에서 128번 뛴다.

난간에 손을 대지 않고 계단을 내려와 맨 아래에서 신발을 갈아 신는다.

이것들이 바로 내가 치르는 의례 행위다.

의례 행위를 모두 치르고 나면 보통은 지극히 평범하게 저녁 시간을 보낸다. 그러다 10시 취침 시간이 되면 의례 행위가 다시 시작된다. 평상시에는 이런 '사소한 문제들'에 잘 대처해 나간다. 이것 때문에 짜증 낼 만한 사람도 내 주위에는 많지 않다. 엄마는 죽었고, 새엄마도 틈만 나면 외출해서 집에 없다.

뭐, 그렇다. 게다가 한 달쯤 전에 아빠도 지상에서 사라져 버렸다. 어느 날인가 가방을 챙겨 들고, 중대 세균 경보를 피해 허공에 작별의 입맞춤을 남기고는 사라져 버렸다. 그날 아빠한테서는 평소와 똑같이 가죽 냄새와 로션 향기, 나뭇조각과 그 이상한 드라이 샴푸(분말을 머리에 뿌려 빗질한 후 씻어 내는 샴푸 : 옮긴이) 냄새가 났다.

아빠는 차를 타고 학교로 출근했다. 그러고는 돌아오지 않았다. 그래서 지난 한 달간 나는 끔찍한 새엄마와 함께 집에 꼼짝없이 갇혀 있었다.

매일같이 나를 가까이서 보는 사람은 프랜뿐인데, 그 애는 아주 영리하다. 프랜의 엄마도 시원시원한 분이다. 차 마시러 초대받아 갈 때 나한테 따로 나이프와 포크를 가져와도 된다고 한다. 프랜의 엄마는 "깨끗하고 깔끔한 게 뭐가 잘못이니?" 하고 말한다.

다만 조금 이상한 점이 있기는 하다.

이런 말을 할 때 프랜 엄마는 내 눈을 똑바로 보지 않는다.

수업이 끝나고 다시 집에 온다.

신발을 갈아 신고 뜀뛰기를 하고 나서 분필과 땀, 고무 운동화 냄새를 씻어 내기 위해 샤워를 한다. 새엄마는 아래층에서 뭐라고 통화하고 있다. 내가 송화기를 다시 소독해야 하는 줄 뻔히 알면서도 개의치 않는다.

희고 부드러운 수건으로 몸을 감싸고 방에 들어가 깨끗한 티셔츠를 찾으려고 옷장을 연다.

나는 그대로 얼어붙는다.

옷장이 텅 비어 있다. 딱 두 벌의 옷만 걸려 있다. 하늘하늘한 시폰 소재의 빨간색 집시치마와 빨간 꽃들이 자잘하게 수 놓인 장밋빛 민소매 여름 원피스.

둘 다 특별한 날에만 입는 옷으로, 아빠가 사 준 것이다. 아빠는 여자 옷을 사는 데 젬병이었지만 그 옷을 살 때는 이웃에 사는 헤더에게 의논했고, 헤더는 내 취향을 잘 알고 있었다.

평상시 입는 옷은 몽땅 사라졌다. 침대 위에 길고 마르고 납작한 사람 형상으로 놓여 있는 티셔츠와 청바지만 빼고.

나는 계단 쪽으로 가서 소리친다.

"샹탈 아줌마!"

그 깩깩거리는 목소리와 형편없는 옷 취향을 보면 도저히 상상하기 힘들지만 새엄마는 절반은 프랑스 사람이다.

새엄마는 "이만 끊어야겠어. 알았나 봐." 하고 수화기를 내려놓는다.

내가 말한다.

"그래요, 알았어요. 내 옷은 다 어디 갔어요?"

새엄마는 난간에 손을 올린 채 계단 아래 멈추어 선다. 아무 말이 없다.

말할 필요도 없다. 새엄마 뒤로 빨간색과 하얀색 타일 바닥 위에 여행 가방이 아무렇게나 놓여 있다.

내 가방이다.

밖에서 시동 거는 소리가 들린다.

나는 어지러워서 화장지를 대고 벽을 짚는다. 머리도 아직 수건으로 감싼 그대로고, 몸에도 목욕 수건만 두르고 있다.

새엄마가 말한다.

"젤라, 당장 옷 입어라. 미리 말하려고 했는데, 네가 급하게 학교에 가 버려서 말이다."

"무슨 말요?"

나를 빤히 쳐다보는 새엄마의 표정에 무슨 뜻이 담겨 있는 걸까? 죄책감? 걱정? 흥분?

아니, 안도감이다. 그렇다. 새엄마는 한시름 놓은 표정이다. 큰 짐을 덜었다는 듯한 표정.

그 짐은 나인 것 같다.

나는 멍하니 옷을 입는다. 드라이어로 머리를 말리거나 화장을 하지도 않는다. 그러는 내내 새엄마는 엔진 소리가 들려오는 창밖과 손목시계를 힐끗거리며 방 안을 서성인다.

청바지를 입는데 머릿속이 터질 것 같다. 침대에 꼭 매달려 꼼짝도 안 하겠다고 하면 어떨까? 새엄마를 밀어내고 문을 잠가 버리면? 창밖에서 기다리는 자동차에는 누가 타고 있을까?

나는 바지 지퍼를 올리고 돌아서서 새엄마를 마주 본다.

"뭐라고 말 좀 해 보세요. 무슨 일인지 나도 알아야 하지 않나요?"

새엄마가 한 발짝 다가온다. 애원하듯 크게 뜬 두 눈에는 놀랍게도 눈물이 그렁그렁하다. 새엄마가 우는 것은 본 적이 없다. 아빠가 우리를 떠난 날 밤에도.

새엄마가 말한다.

"네가 잠시 집을 떠나 있도록 조처해 놓았단다. 네 그 사소한 문제들을 더는 감당해 낼 재주가 없구나."

그러면 그렇지. 저 눈물은 나를 위한 게 아니라 새엄마 자신을 위한 거다.

"나도 너무너무 스트레스를 받고 있단다. 자신감도 죄 사라졌어. 하루가 다르게 팍팍 늙어 가고 있잖니."

나는 침대에 털썩 앉아 새엄마를 뚫어지게 쳐다본다.

"지금 농담이죠?"

새엄마는 분명 더없이 진지하다.

"헤더한테 데려다 달라고 부탁했어. 한 달만 가 있으렴. 한 달 뒤에는 다시 집으로 돌아올 수 있을 거야."

"지금 저를 쫓아내는 거예요? 이렇게 쫓아내면서 직접 데려다줄 배짱은 없군요?"

그물 커튼을 젖히고 밖을 내다본다. 빨간 자동차에 탄 헤더 헌츠먼이 손가락으로 운전대를 탁탁 두드리며 기다리고 있다. 헤더는 사랑스럽다. 새엄마보다 훨씬 더. 하지만 지금 그게 중요한 것이 아니다.

새엄마가 말한다.

"젤라, 나도 속상하단다."

나의 성난 콧방귀는 귓등으로도 듣지 않는다.

"하지만 너는 치료를 받아야 해. 어서 가자."

새엄마는 일어나라고 손짓하고 나를 문밖으로 몰아낸다. 새엄마가 실내화로 갈아 신지 않아서 하얀 양탄자에 작은 흙발 자국이 남는 것이 자꾸만 눈에 거슬린다. 하지만 지금 내 앞에 놓인 이 엄청난 문제 앞에서는 오염 경보도 힘을 잃는다.

새엄마가 나를 아래층으로 밀고 내려가더니 여행 가방을 든다.

나는 항의한다.

"전 열네 살이에요. 겨우 열네 살요. 집을 떠나기에는 너무 어리다고요! 어디로 보내는 거죠? 당신이 하는 짓을 알면 아빠가 뭐라고 하겠어요? 아빠한테 제가 있는 곳을 어떻게 알려 줄 거예요?"

새엄마는 내 말 따윈 아랑곳 않고 헤더가 기다리는 자동차로 나를 몰고 가서는 가방은 짐칸에 던지고 나는 뒷자리에 밀어 넣는다.

새엄마를 뒤로하고 차가 출발한다. 키 큰 새엄마가 팔짱을 끼고 말없이 어정쩡하게 서 있는 모습이 눈에 들어온다.

새엄마는 잘 가라고 손도 흔들지 않는다.

제4장
||||||||||||||||||||

헤더가 힐끗 나를 살핀다.

"안전띠 매."

포르셰가 매연을 내뿜으며 부르릉 출발한다.

내가 말한다.

"못해요."

남의 차 안전띠는 미덥지 않다. 남의 몸에 닿아서 각질과 땀이 배어 있을 게 뻔하다. 안전띠가 가슴과 목의 맨살에 닿기라도 하면 나는 살갗이 벗겨지도록 박박 닦아야 한다.

헤더가 말한다.

"맙소사, 지금 그런 걸 따질 상황이니?"

헤더는 길 아래쪽에서 차를 끼익 세운다.

차 안의 라이터가 딸깍 튀어나온다. 라이터가 빨갛게 달아오르자 헤더가 뺨이 홀쭉해지도록 담배를 빨아들인다. 헤더는 인생의 다음 40년이 그 담배에 달려 있다는 기세로 담배를 피워 대고 있다. 하지만 이런 식으로 피우다가는 남은 생의 많은 부분을 보지도 못하고 죽을지도 모른다.

지저분한 담뱃재가 조수석에 떨어진다.

오염 경보.

걱정하는 내 얼굴을 보자 헤더는 창밖으로 담배 연기를 뿜는다.

창피해서 얼굴이 붉어진다. 헤더는 오랫동안 이웃에 살았고 내가 무척 좋아하는 사람이다. 엄마도 헤더를 좋아했다. 엄마가 아팠을 때 헤더가 정말 잘해 주었다. 엄마 대신 장을 봐 주고 옷도 사다 주었다. 엄마를 즐겁게 해 주려고 화려한 색깔의 보석 장신구를 선물하기도 하고 입맛을 돋우려고 특별한 유기농 음식을 사 오기도 했다.

새엄마조차도 헤더를 좋아하는 게 틀림없다. 안 그러면 왜 이런 일에 헤더를 끌어들였겠는가?

하지만 헤더는 새엄마를 좋아하는 것 같지는 않다. 우리 집에 오면 표정은 예의 바르게 웃고 있지만, 속에서 뭔가 딱딱한 응어리가 꿈틀거리는 게 느껴진다.

헤더가 말한다.

"좋아, 얘야. 실은 이렇게 된 거야. 새엄마가 널 치료한다고 병원에 데려다주래. 하지만 안전띠를 안 하면 아무 데도 갈 수가 없어.”

나는 ‘병원’이라는 말에 침을 꿀꺽 삼키면서 차 안을 둘러본다. 뒷자리에 화장지 통이 있다.

내가 말한다.

“이제 됐어요.”

나는 맨살이 닿지 않게끔 가슴 쪽 안전띠를 화장지로 감싼다.

“잘했어.”

헤더는 담배꽁초를 창밖으로 내던지고 시동을 걸고는 머리에 얹고 있던 짙은 색 디자이너 선글라스를 내려 쓴다.

헤더는 멋쟁이다. 새엄마보다 다섯 살 아래지만 스무 살은 더 어려 보인다. 붉은색 긴 머리를 중간중간 꿀색으로 밝게 염색했는데, 머리카락이 내려와 눈을 가리면 선글라스를 머리띠처럼 올려 썼다. 헤더는 선탠을 했고 키가 크고 말랐으며 런던에서 패션지 기자로 일한다.

엄마는 헤더와 몇 시간씩 쇼핑을 가고는 했다. 자신들을 ‘점심 먹는 숙녀들’이라고 부르며 쇼핑 상자와 가방을 한 아름 안고 약간 술에 취해 집으로 돌아와 와인 잔에 백포도주를 따르고는 했다. 그러고는 미끈거리는 코코넛 오일을 덕지덕지 바른 채 정원에 앉아서 나와 아빠를 놀리며 폭소를 터뜨렸다.

아빠는 나와 엄마의 눈을 피해 헤더를 감탄하는 눈길로 바라보고는 했다. 그러면 엄마는 "남자들이란!" 하면서 아빠를 놀렸다.

엄마도 헤더 못지않게 예뻤다. 엄마는 붉은빛이 도는 긴 금발이 아닌 까만 곱슬머리였고, 뺨은 그을리지 않아 발그레했다. 헤더는 젓가락처럼 비쩍 말랐지만 엄마는 여성스럽게 굴곡이 뚜렷한 몸매였다. 엄마는 카고 바지와 민소매 티를 즐겨 입었다. 낮에 야외 활동을 즐겨 하는 사람의 모습이었다. 헤더는 초미니스커트와 꼭 끼는 청바지를 즐겨 입었다. 밤에 최신 유행 하는 바의 높은 의자에 앉아 많은 남자들의 힐끔거리는 추파를 받을 때 더욱 생기가 넘칠 것 같은 모습이었다.

나는 헤더에게 묻는다.

"왜 결혼을 안 했어요?"

머릿속에서 병원 생각은 지우고 싶다.

헤더는 운전석 머리 받침대에 머리를 기댄 채 갈색으로 그을린 길쭉한 팔로 운전대를 이리저리 돌리고 라디오에 맞추어 한쪽 발을 까닥이며 자신감 넘치게 운전하고 있다.

"결혼이 인생에서 가장 중요한 게 아니야."

헤더다운 대답이다. 하지만 그 대답을 들으니 다른 질문들이 꼬리를 문다.

헤더한테 병원에 가지 않고 헤더와 같이 살아도 되는지 물어보고 싶지만, 어떤 대답이 나올지 이미 알고 있다.

헤더는 이렇게 말할 것이다.

"나는 내 일이 있어. 그러니까…… 널 사랑하지만 난 아이들을 돌볼 수 있는 사람이 못 돼. 이 멋진 손톱이 어떻게 되겠니? 내가 보통 엄마들처럼 보이니?"

오늘 헤더는 딱 붙는 빨간 민소매 티와 까만 스키니 진을 입고 있다. 꼭 십 대처럼 보인다.

헤더의 손끝에는 새빨간 인조 손톱이 붙어 있는데 벗겨진 부분 하나 없이 완벽하다.

나는 머리카락이 더러워지지 않게끔 뒤통수에 화장지를 대고 등받이에 기댄 채 서서히 모습을 드러내고 있는 갈색 콘크리트 병원 건물을 바라본다. 그 병원은 빅토리아 시대의 정신 병원을 개조한 것이다. 딱 어울린다. 새엄마는 항상 나한테 미쳤다고 했으니까.

내가 말한다.

"머리랑 다리를 벽 같은 데다 묶어 놓지는 않겠죠?"

가슴이 쿵쿵 뛰기 시작한다. 아빠가 너무나 보고 싶어서 격렬한 아픔이 다리를 타고 머리까지 밀려 올라온다.

헤더가 말한다.

"당연히 아니지. 그건 내가 장담해."

병원 정문 바로 앞에서 차가 잔뜩 밀린다.

내가 한마디 한다.

"길을 잘못 들었어요. 곧 좌회전해야 해요."

헤더는 내 말이 안 들리나 보다. 그저 라디오 음량을 높일 뿐이다. 쨍쨍거리는 마돈나 노래가 쿵쿵 울려 퍼진다. 차창이 흔들리고 옆 차에 탄 남자가 헤더를 보고 능글맞게 웃으며 징그러운 윙크를 보낸다.

헤더는 창턱에 손을 올리고 손끝으로 차 문밖을 톡톡 두드린다. 목청껏 마돈나 노래를 따라 부른다.

그 남자한테는 눈길도 주지 않는다.

신호등이 바뀐다. 헤더는 앞만 똑바로 바라보면서 끼익 가속 페달을 밟으며 미치광이처럼 노래한다.

병원이 사이드 미러 속에서 조그만 갈색 점으로 멀어진다.

"어어."

뱃속에 작게 응어리진 두려움이 점점 커진다. 헤더는 지금 제정신일까? 날 유괴하려는 건 아닐까? 대체 어디로 가는 거지? 적어도 병원은 좋은 소독약이랑 표백제가 많아서 깨끗할 것 같은데.

"난 저 노래가 정말 좋아."

마돈나의 노래가 절정에 이르렀다가 끝나고 라디오 디제이의 웅얼거리는 수다가 흘러나오자 헤더가 말한다.

"오십인데 여전히 섹시한 여신 몸매라니, 어쩜."

혼잡한 도로에 들어서면서 헤더의 머리카락이 붉은 스파게티 가락처럼 얼굴 주위에서 나부낀다. 이따금 귀 뒤로 넘기면 반항하듯 몇 가닥씩 빠져나오다가 어느 순간 전부 확 빠져나와 얼굴을 때린다.

헤더가 깔깔거린다.

"다음엔 잊지 말고 머리핀을 가져와야겠어."

헤더의 얼굴에서 찌푸린 인상과 무뚝뚝함이 사라지고 붉은 입술이 활기차게 활짝 웃고 있다. 헤더 옆에 앉고 싶은 마음이 굴뚝같다. 헤더와 함께 있으면 나 같은 아이는 지극히 평범하게 느껴진다. 나도 나름대로는 머리카락이 아주 멋지고 다리도 무척 길지만 말이다. 헤더는 꼭 영화배우 같다. 차가 무시무시한 속도로 중앙 분리대가 있는 고속 도로를 달리자 가슴에 댔던 화장지들이 바람에 날아간다. 헤더는 여전히 어디로 가는지 말이 없다.

혹시 그 거대한 병원 건물을 못 보고 지나친 게 아닐까 싶어 말해 본다.

"병원은 이미 지나쳤어요."

"알아, 알아, 우린 길을 따라 내려가고 있지."

헤더가 노래한다. 전방에서 눈을 떼지 않은 채 자동차 사물함에서 샌드위치를 찾아 나에게 던져 준다. 세모난 플라스

틱 케이스에 깔끔하게 포장된 샌드위치로, 내가 가장 좋아하
는 종류였다.

나는 한숨을 쉬며 고개를 설레설레 젓는다. 헤더는 정말로
정신이 나갔나 보다.

투명한 비닐을 벗기고 부드러운 참치오이마요네즈샌드위
치를 한입 베어 문다.

그것 말고는 달리 할 수 있는 일도 없다.

세 시간 뒤 헤더는 A30번 도로(중앙 런던에서 랜즈엔드까
지 이어지는 284킬로미터 도로 : 옮긴이)에서 빠져나와 교차로
를 두세 개 지나 높다란 하얀색 빅토리아식 주택들이 모인
거리로 접어든다. 어느덧 해가 기울고 새소리가 깃든 저녁
어스름이 깔리고 있다.

내가 말한다.

"어떻게 된 거예요? 왜 여기 온 거죠?"

헤더가 머리를 빗어 넘기자 붉은빛과 금빛이 함치르르 물
결친다. 헤더가 선글라스를 도로 머리 위로 올리고 나를 돌
아본다.

"차마 널 병원에 데려갈 순 없었어. 네가 갈 만한 곳이 아
닌 것 같아."

"하지만 새엄마가 그 병원에 데려다주라고 했잖아요. 알게

되면 화낼 거예요."

혜더는 턱을 내밀고 고집스러운 눈으로 나를 바라본다.

"당분간은 모르게 할 거야. 네 아빠라면 네가 그런 병원에 가는 걸 바라지 않으실걸."

"어떻게 아세요?"

잠시 침묵이 흐른다. 아빠 소식이 끊긴 지도 한 달이 지났다. 아빠가 어디로 갔는지 아무도 모르는 것 같다. 아빠가 교사로 일하던 학교 교장 선생님은 우리 집에 수없이 전화해서 아빠가 갑자기 그만두는 바람에 다른 교사를 급하게 구하느라 힘들다고 불평해 댔다.

혜더가 누군가에게 손을 흔든다. 하얀 앞치마를 두른 키 큰 사람이 계단 꼭대기에 나타나 손을 흔든다.

"누구예요?"

이 모든 상황이 점점 버거워지고 있다. 손을 씻은 지 몇 시간이나 지난 데다 자동차에 오래 앉아 있는 탓에 덥고 지저분하고 몸의 감각도 무뎌진 느낌이다.

혜더가 빙그레 웃는다.

"에린이야. 나한테는 큰언니 같은 사람이지. 빨리 가자."

혜더는 차에서 훌쩍 뛰어내려 짐칸에서 내 가방을 꺼낸다.

나는 가슴에 대고 있던 화장지를 떼고 천천히 따라간다. 만지는 게 싫어서 차 문을 발로 차서 닫는다.

헤더는 계단 꼭대기 여인과 포옹하고 있다. 흥분한 아이들처럼 둘이서 껴안고 팔짝팔짝 뛴다. 헤더가 그 여인에게 서류철 같은 것을 슬쩍 건넨다. 뭐가 들었는지는 보이지 않지만 앞쪽에 까만 매직펜으로 쓴 내 이름이 언뜻 보인다.

나는 오른 다리에 기대섰다 왼 다리에 기대섰다 하며 기다린다. 내 발밑에 깔린 금이 간 검은색과 흰색 다이아몬드 꼴 타일은 뜀뛰기하기에 딱 좋아 보인다. 뜀뛰기하고 싶은 마음이 굴뚝같지만 생판 모르는 사람 앞에서 나의 '사소한 문제'를 드러내고 싶진 않다.

그 여인이 앞으로 나온다. 긴 회색 면 치마에 헐렁하고 하얀 리넨 셔츠를 입고 있다. 앞치마에는 빨간 고추 그림이 선명하고 '섹시!'라는 글자가 찍혀 있다. 흰머리가 잔뜩 섞인 진한 갈색 곱슬머리는 부스스하고, 얼굴도 헤더처럼 매끈하지 않고 갈색으로 그을리고 주름져 있다. 헤더보다 적어도 열 살은 많아 보이는데, 나를 보고 웃는 눈가에 주름이 잡힌다.

"난 에린이라고 해. 악수는 하지 않겠다, 젤라. 처음부터 스트레스를 주고 싶진 않거든."

이 모든 기묘한 상황에 이미 꽤 스트레스를 받고 있던 터라 뭐라고 대꾸해야 할지 모르겠다. 하지만 이 사람은 괜찮아 보인다. 헤더가 들어오라고 손짓해서 뒤따라 들어간다.

'포레스트 힐 하우스'라 쓰인 금빛 문패가 현관문 옆에 걸려 있다.

문을 닫고 들어가자마자 믿기 힘든 일이 일어난다.

2층 어딘가에서 비명이 들린다. 그렇게 큰 비명 소리는 처음이다. 누가 맨손으로 내 목을 조르거나, 프랜이 더러운 나이프로 자기 목을 가르는 걸 보거나, 누군가 소독도 하지 않은 뜨거운 핀으로 눈동자를 찌르거나 할 때 내가 낼 법한 비명 소리다.

비명에 이어 뛰어가는 발소리가 나고 문이 여닫히는 소리와 비명 지른 사람을 진정시키는 나직한 어른 목소리가 들려온다.

헤더의 얼굴에서 자신감 넘치는 미소가 한순간 사라진다. 그대로 얼어붙는다. 헤더가 휘둥그레진 눈으로 나를 바라본다. 우리 둘 다 놀란 토끼 같은 얼굴로 비명 소리가 난 쪽을 바라본다.

곱슬머리 여인은 한순간도 미소를 잃지 않는다. 방금 들린 소리가 심장이 멎을 것처럼 찢어지는 비명 소리가 아니라 희미하게 들려오는 천상의 종소리라도 되는 표정으로 "걱정 마. 카로라는 아이인데, 자기감정을 표현하고 있는 거야. 실제로 보면 저렇게 심하지 않아." 하고 말할 뿐이다.

나는 헤더의 손을 잡고 싶지만 그럴 수가 없다. 장갑도 없고 화장지도 다 떨어졌다.

헤더가 손목시계를 흘끗 보며 입술을 깨문다.

내가 묻는다.

"설마 지금 가는 건 아니죠? 조금만 더 있다 가면 안 돼요?"

헤더가 말한다.

"미안. 내일 아침에 검은색 고딕풍 퍼프볼 스커트(치맛단이 둥그런 버섯 모양처럼 휘어진 치마 : 옮긴이)들과 만나기로 약속했어."

헤더는 내 어깨를 잡으려다 말고 되도록 숨결을 적게 담아 부드러운 입맞춤을 허공에 날리고는 키 큰 여인을 다시한 번 껴안고 계단을 통통 뛰어 내려가 포르셰로 달려간다.

헤더가 뒷자리에 구찌 가방을 던져 넣고 날씬한 몸을 운전석으로 조심스럽게 집어넣으며 어깨 너머로 소리친다.

"여기라면 괜찮을 거야."

헤더는 한껏 속도를 올려 굉음을 내더니 짙은 잿빛 연기구름만 남긴 채 다른 세상으로 달려가 버린다.

엄마, 아빠와의 마지막 연결 고리가 사라져 버린 것 같다.

갈색 머리 여인이 묵직한 현관문을 딸깍 걸어 잠근다. 그소리가 타일 깔린 현관에 울려 퍼진다.

여인이 말한다.

"네 방을 보고 싶어 할 것 같구나."

질문이 아니었다. 설령 물어봤다 해도 어차피 내겐 대답할 말이 없다.

계단 난간은 반지르르하게 윤이 나는 갈색 오크로 되어 있다. 최근에 찍힌 손자국이 눈에 들어온다. 오염 경보다. 나는 옆구리에 팔꿈치를 꼭 붙이고 손을 호주머니에 넣는다.

이제 달아나기엔 늦었다.

그 여인을 따라 위층으로 올라간다.

제5장

〃〃〃〃〃〃〃〃〃〃〃

에린을 따라 수많은 문을 지나 계단참을 두 개 올라간다.

더러 닫힌 문들이 있고, 열린 문으로는 어수선하게 어질러진 침대, 포스터, 텔레비전 화면, 책상과 빨랫감 더미 따위가 언뜻 보인다. 향수, 땀, 거품 입욕제와 오래된 햄버거 냄새가 복도를 떠돌고 있다.

에린이 내 생각을 읽은 듯 말한다.

"수요일 밤에는 밖에서 음식을 사 와서 먹어. 잘했다는 상인 셈이지."

잘했다고, 뭘?

여러 방들을 지나면서 보니 이곳은 병원이 아니다. 병원이라기엔 너무 어질러져 있다. 병원에는 소독약과 표백제 냄새가 난다. 이 집에서는 십 대들의 생활 냄새가 난다.

맨 꼭대기 층에 이르자 좀 더 작은 계단이 나타난다. 에린이 손에 든 열쇠 꾸러미를 쩔그렁거리며 서둘러 계단을 올라간다. 에린의 육중한 체구가 좁아지는 계단통을 가득 채운다. 헤더의 말을 빌리자면 아이를 잘 낳을 것 같은 엉덩이다.

에린을 따라 들어간 방은 눈부시게 환하다. 마룻바닥은 하얗게 칠해져 있고 침대 옆에 연한 노란색 서랍장이 있다. 하얀 커튼이 산들바람에 펄럭여 꼭 창문 너머로 푸른 바다가 펼쳐져 있을 것만 같은 분위기다. 하지만 실제로는 맞은편 집의 어수선한 앞마당이 내려다보인다. 아래층 방들과 달리 이 방은 깨끗하다. 정돈이 잘 되어 있다.

가구들을 부산스레 둘러보다가 방 한구석의 작은 세면대와 깨끗하고 하얀 수건들이 놓인 선반에 눈길이 머문다.

손목시계를 흘낏 본다. 9시 35분. 평소 같으면 취침 의례 행위를 하고 있을 시간이다. 에린은 나갈 기미가 없다. 작고 깨끗하고 하얀 침대 가장자리에 걸터앉아 나한테 와서 앉으라고 옆자리를 탁탁 두드리고 있다.

얼굴에서 땀이 살짝 배어난다. 오염 경보.

모든 것이 어그러지고 있다. 아마도 수도꼭지 하나는 작동하지 않을 것이다. 그러면 씻는 것도 제대로 할 수 없다. 제때 씻지 못하면 잠자리에 들 수도, 잘 수도 없다.

에린이 말한다.

"걱정 마, 금방 혼자 있게 해 줄 테니까."

자꾸 마음을 읽혀 버리니 불안해진다.

나는 얼굴을 붉히며 웅얼거린다.

"괜찮아요, 꼭 안 그래도……."

에린이 동그란 안경알 뒤에서 나를 보며 활짝 웃는다.

"이게 다 어떻게 된 건지 궁금할 거야. 헤더가 아무 말도
안 했니?"

자동차 여행과 바람에 마구 나부끼던 헤더의 머리카락이
떠오른다. 운전대를 잡고 있던 선탠한 긴 손가락과 음정이
엉터리인 시끄러운 노랫소리.

까마득한 옛일 같다.

에린한테 빨리 나가라고 말하고 싶어서 좀이 쑤신다. 하얀
마루에 잿빛 보풀 하나가 떠다니고 있다. 으악, 오염 경보다.
내 발치에 내려앉기 전에 집어 올리지 않으면 심각한 공황
상태에 빠지고 말 것이다.

에린이 내 눈길을 좇더니 일어나서 엄지와 검지로 보풀을
꾹 눌러 앞치마 주머니에 넣는다.

새엄마라면 눈치도 못 챘을 것이다.

"고마워요."

나는 초조하게 손톱을 만지작거리며 손톱 밑에서 때를 빼
낸다.

에린이 소리 내어 웃는다.

"고마워할 것 없어. 그게 내 일이니까."

그 말에 내가 멍한 표정을 지었던 게 틀림없다.

에린이 덧붙여 말한다.

"난 십 대들의 장애를 치료하는 의사야. 여기서는 다들 '의사쌤'이라 부른단다. 넌 강박 신경증 때문에 여기 온 거야."

나는 화들짝 놀라 나 말고 다른 사람에게 하는 말이 아닌지 두리번거리고 싶은 것을 꾹 참는다. 내 의례 행위를 가리키는 의학적 명칭이 있는 줄은 알지만, 그 이름을 쓰고 싶지는 않다.

이것도 나의 오랜 믿음 가운데 하나다.

뭔가에 이름을 붙이면 그것이 진짜 현실이 되어 버린다.

엄마가 암에 걸렸을 때 집에서는 절대로 '암'이라 부르지 않았다. '이 망할 것'이나 '이 상황'이라고만 표현했다. 엄마가 병원에 입원했을 때야 비로소 그 단어가 뛰어올라 우리 뺨을 후려쳤다. '암 치료 간호사'가 엄마를 더욱 편안하게 해 주었다. 의사는 '암이 두 단계가 진행되었다'고 말했다. 엄마를 방문한 치료사는 "암세포가 두들겨 맞아서 항복하는 모습을 눈앞에 그려 보세요."라고 했다. 일단 암이라는 단어가 등장하자 집에까지 따라왔고 우리의 악몽과 엄마의 혈류 속으로 들어왔다. 그러고는 결국 엄마를 죽였다.

그래서 나는 이름 붙이는 것을 좋아하지 않는다.

의사쌤이 임신부처럼 등허리를 누르면서 인상을 쓰며 몸을 일으킨다.

"긴 하루였다. 푹 자거라. 내일 아침에 다른 사람들을 소개해 줄게."

아래층에 방들이 있는 걸 보기는 했지만 두려움에 위가 옥죄어 온다.

"사람들 만나는 것 때문에 걱정 안 해도 돼."

이제는 이 의사쌤이 진심으로 무서워지기 시작한다. 혹시 나도 모르게 생각을 소리 내어 말한 게 아닐까 헷갈린다.

의사쌤이 말한다.

"이번 달은 조용하단다. 지금은 넷밖에 없고, 조시하고 나까지 해야 여섯이야. 스니저까지 하면 일곱이고. 스니저는 고양이란다."

나는 너무 피곤하고 긴장한 나머지 조시가 누군지도 물어보지 못했다. 게다가 고양이는 싫다. 세균덩어리다.

키 큰 의사쌤이 문을 나가기가 무섭게 나는 세면대로 달려간다.

화장지를 왼쪽 수도꼭지에 감은 다음 틀어 본다. 조그맣게 끼익 소리가 나면서 따뜻한 물이 쏟아진다. 오른손을 31번 씻는다. 크림색 비누 조각을 집어 얼굴이 벌겋게 벗겨지도록

45

오른손으로 박박 닦는다. 그다음 왼손을 씻는다. 수건 하나를 집어 냄새를 킁킁 맡아 본다. 풀 먹인 냄새와 장롱식 건조기 냄새가 난다. 완벽하다. 나는 수건으로 손을 닦고 나서 잠옷으로 갈아입는다.

머리카락에서 딱딱 정전기 소리가 날 때까지 빗질을 31번 한다.

몇 시간째 화장실에 못 갔기 때문에 소리를 죽이며 문을 열어 본다. 계단참에는 문이 두 개뿐이다. 손톱 끝으로 문 하나를 쿡 밀어 보니 화장실이 보여서 안도의 한숨을 내쉰다.

변기 가장자리에 화장지를 깔고 앉는다. 오줌 소리가 변기 속에서 울린다.

이제 처음부터 다시 손을 씻어야 한다.

손을 다 씻고 나니 10시 45분이 다 되어 가는 시간, 너무 피곤해서 어지러울 정도다.

하지만 할 일이 하나 더 있다. 뜀뛰기.

무시하면 뛰고 싶은 욕구가 사라질까 싶어 침대에 가만히 앉아 기다려 본다. 하지만 욕구는 사라지지 않는다.

계단참에서 펄쩍펄쩍 뛰면 다들 깨어나고 말 것이다.

하는 수 없이 마룻바닥에 하얀 수건을 깐다. 그러고는 되도록 가볍게 뛴다. 보송보송한 수건 위에서 발끝으로 128번 뛴다. 처음에는 폭신하던 수건도 계속 뛰다 보니 마치 치즈

분쇄기에 닿는 듯 아프고 고통스럽다.

　이불 냄새를 맡아 본 다음 이불을 젖히고 미끄러지듯 들어간다. 서늘하고 깨끗한 시트 위에서 지친 몸을 이리저리 뒤친다.

　나는 혼잣말을 중얼댄다.

　"괜찮을 거야. 여기는 괜찮을 거야. 잠이나 자자."

　새벽 3시쯤 되자 새들이 전원의 새벽을 여는 합창을 시작한다.

　나는 그때까지도 잠을 이루지 못하고 있다.

제6장

〰〰〰〰〰〰〰〰〰

우유 운반차가 끽끽거리고 쩔그렁대는 소리에 잠이 깬다. 막 6시가 지났으니 겨우 두 시간밖에 못 잔 셈이다.

지금쯤 몇백 킬로미터 떨어진 집에서 분홍색 베개에 매끄러운 갈색 뺨을 묻은 채 아침잠에 빠져 있을 프랜이 생각난다. 프랜의 엄마는 부엌에서 바쁘게 돌아다니며 점심 도시락과 교과서들을 챙기고 죽을 데우고 바싹 구운 갈색 토스트에 노르스름한 버터를 바르고 있겠지.

나는 배고픔과 두려움에 마른침을 꿀꺽 삼킨다. 학교 버스가 우리 집 앞을 지나갈 때 프랜이 나를 찾을 것이다. 내가 나오지 않으면 프랜은 어떻게 할까? 새엄마는 내가 병원에 입원했다고 할까, 아니면 다른 핑계를 둘러댈까?

프랜이 나를 찾아낼 거라고 결론짓는다. 프랜은 뻔한 핑계 따위에 납득하지 않을 것이다. 나를 찾아내 자기 집으로 데려갈 것이다. 아빠한테서 소식이 올 때까지 나는 프랜과 프랜 엄마와 함께 지내게 될 것이다. 새엄마는 나를 반기지 않을 테니 프랜이 날 받아 줄 수밖에 없을 것이다. 나는 그 따스하고 북적거리는 정상적인 가족과 하나가 되어 지낼 것이다. 프랜네 가족들은 내가 의례 행위를 해도 신경 쓰지 않을 것이고, 모든 일이 잘 풀릴 것이며, 결국에는 아빠가 나를 데리러 올 것이다.

두 발을 슬며시 침대 밖으로 내려 슬리퍼를 신는다. 세면대로 걸어간다. 아침 의례 행위를 치를 시간은 충분하지만 한 가지 사소한 문제가 있다. 시간을 재어 줄 그런 데이 음악이 없다.

방 안을 둘러본다. 창가 작은 갈색 책상 아래 휴대용 시디 플레이어가 있는데, 시디는 안 들어 있다.

휴대폰을 꺼내 '벨소리 선택'에 들어간다. '엔터테이너'라는 곡을 고른다.

바보 같은 곡이다. 엄마와 헤더는 포도주를 한잔하고 미친 것처럼 낄낄대며 피아노로 그 곡을 뚱땅거리고는 했다. 어쨌거나 이걸로도 괜찮을 것 같다.

일단 목표를 정해 본다. 그 곡이 16번 반복되는 동안 왼손 씻기. 10번 반복되는 동안 얼굴 씻기, 16번 반복되는 동안 오른손 씻기. 16번 반복되는 동안 머리 빗기.

빈 깡통 소리 같은 그 곡은 그린 데이에는 비할 바가 못 되지만 그럭저럭 쓸 만하다.

여행 가방을 열고 옷을 꺼내 큼직한 소나무 옷장에 4센티 미터씩 간격을 두고 걸어 둔다.

하얀색 민무늬 티셔츠와 청 반바지를 입는다. 수건을 깔고 맨발로 뜀뛰기한 다음 은색 샌들을 신고 머리를 짤막한 말총머리로 묶는다. 귓불에는 달랑거리는 하트 모양의 작은 은 귀고리를 건다. 너무 길지도 너무 짧지도 않은 귀고리다. 프랜이라면 그걸 보고 내 기분 상태가 '보통'이라고 할 것이다.

거울에 비친 모습을 살펴본다. 거울은 티끌 하나 없이 깨끗하다. 기름 자국이나 얼룩도 없다. 처음으로 내 모습이 어떤지에 온전히 집중해 본다.

까만 곱슬머리에 뺨이 벌겋게 벗겨진 여자아이가 나를 빤히 바라본다. 그 아이의 눈에는 불안감이 어려 있다.

엄마 유령이 속삭인다.

"멋진 우리 딸, 넌 잘해 낼 거야."

기쁨과 안도감으로 가슴이 뛴다. 오늘은 엄마가 곁에 있어 주어야 한다.

침대에 앉아 프랜에게 문자를 보낸다.

이상한 시골 같은 데 오게 되었어. 언제 집에 돌아갈지 몰라. 보고 싶어. 젤라.

방문을 열고 계단을 살금살금 내려가는 사이 자신감은 언제 있었냐는 듯 사라져 버린다.

계단참에 있는 방문들은 모두 닫혀 있다. 어느 방에서 희미하게 코 고는 소리가 높아졌다 낮아졌다 한다. 인기척도, 아침을 먹는 기미도 없다. 배에서 꼬르륵 소리가 난다. 입안은 바싹 말라 있다. 신물이 넘어오고 속이 울렁거린다. 헤더의 차에서 먹은 참치샌드위치를 마지막으로 지금까지 아무것도 먹지 못했다.

난간에 닿지 않도록 조심하며 천천히 다음 층으로 내려간다. 1층에 내려오니 뒤쪽 방에서 까만 아가 오븐(무쇠로 만든 영국의 레인지 겸 오븐 : 옮긴이)이 언뜻 보인다. 타일 바닥에 딱딱 샌들 소리를 내며 부엌으로 간다.

문지방에서 그대로 멈추어 선다.

중대한 세균 경보.

휘둥그레진 눈으로 부엌을 바라본다. 환하고 널찍한 부엌 끝에 벽난로가 있고, 한쪽 벽에는 아가 오븐이 돌아가고 있다. 그리고 다른 쪽 벽에 내리닫이 창문이 나 있다. 어젯밤 아마 성대한 파티라도 열렸었나 보다. 부엌 한복판에 놓인 기다란 나무 탁자에 더러운 접시들과 컵들이 늘어져 있다. 창틀에는 새싹을 키우는 달걀 상자들이 서로 밀치듯 꽉꽉

들어차 있다. 수도꼭지에서 물이 똑똑 떨어지고 있는 개수대에는 갈색 더께들이 잔뜩 말라붙은 프라이팬들이 가득하다. 오래된 오믈렛과 퀴퀴한 맥주 냄새가 희미하게 풍긴다. 의자들은 삐뚤빼뚤 놓여 있다. 물고기 모양 깔개 위에는 냄새나는 고양이 밥 두 그릇이 흘러넘쳐 있다. 구석에서 라디오가 혼자 왁자하게 떠들고 있다. 바닥에는 잡지들, 쿠션들, 감자칩, 외투들이 여기저기 널브러져 있다.

이 모든 것을 망연히 바라보고 있는데, 갑자기 거대한 보일러가 쉭 돌아가는 소리에 하마터면 심장이 멎을 뻔했다.

이런 부엌에서 만든 음식을 어떻게 먹는단 말인가?

이런 부엌에 들어가서 주전자에 불을 켤 수나 있을까?

도로 현관으로 뛰어나가 현관문 자물쇠를 잡아당긴다.

잠겨 있다.

밖으로 나간다 해도 여기가 어디인지도 모르고 집으로 가는 방법도 모른다.

애써 나를 타이른다.

"진정해, 젤라. 심호흡 한번 하고."

충격적일 만큼 엉망진창인 부엌을 보고도 배는 여전히 배고픔에 꼬르륵거리고 있다.

어디에도 닿지 않도록 팔꿈치를 옆구리에 딱 붙이고 발끝으로 살금살금 개수대에 다가간다.

주머니를 뒤져 화장지를 찾아 양손을 감싸고 아래쪽 찬장을 열어 본다. 초록색과 오렌지색 병에 든 내추럴 어스 세정제들과 뜯지 않은 설거지용 고무장갑이 거나하게 취한 술꾼들처럼 서로 기대어 있다.

"고마워, 고마워."

나는 속삭인다. 목소리가 종잇장처럼 바짝 메말라 있다.

소매를 걷어붙여 고무장갑을 팔까지 끌어 올리고 라디오 다이얼을 돌려 익숙한 채널 1 방송 소리로 온 부엌을 채워 놓고 시작한다.

한 시간 동안 물을 튀기며 박박 문지르고 정리하니 콧물이 줄줄 흐르고 위장은 내 몸이라도 잡아먹을 기세지만, 폭동이라도 일어난 듯했던 곳이 이제야 겨우 부엌처럼 보인다. 소나무 선반들과 꽃무늬 도자기들이 많은 아늑한 시골 부엌 말이다.

개수대 주변에 살균제를 뿌리고 철제 수세미로 한 번 더 박박 닦고 있는데 목덜미가 쭈뼛하면서 서늘한 느낌이 든다.

뒤를 돌아본다.

웬 여자애가 팔짱을 낀 채 껌을 씹으며 문틀에 기대서 있다. 인내심이 필요하긴 하지만 재미있기도 하고 호기심도 생긴다는 표정이다.

"청소부라도 온 줄 알았어. 우리에겐 도리스 아줌마가 있긴 하지만. 그러니까 네가 새로 온다는 아이구나. 의사쌤이 오늘 온다고 했었는데. 그건 그렇고, 난 리브라고 해."

나는 장갑을 벗고 오른손을 감싸고 있던 화장지로 콧물을 닦은 다음 왼손으로 말아 쓰레기통에 던져 넣는다. 왼손을 씻고 새 화장지로 감싼 다음 라디오의 음량을 낮춘다.

여자애가 말한다.

"괜찮아. 그냥 둬. 의사쌤은 항상 채널 3의 한심한 프로를 틀어 놓는다니까. 광고가 조금 많긴 하지만 지금 채널이 더 낫네."

헤더가 좋아하는 마돈나 노래가 흘러나온다. 여자애는 끙신음 소리를 내더니 찌그러진 담뱃갑을 내 쪽으로 흔든다. 나는 고개를 젓는다. 여자애는 손가락 없는 장갑을 낀 지저분한 손으로 담배 한 대를 뽑아 입에 문다. 아랫입술에는 금빛 링이 달려 있고, 윗입술 바로 위에는 까만 점이 있다. 그 애의 머리 모양은 내가 싫어하는 척하지만 내심 감탄해 마지않는 그런 머리다. 노란색으로 염색된 짧은 머리는 정수리 부분이 뾰족하게 솟아 있고 새로 올라온 검은 머리가 꽤 많이 드러나 보인다. 리브는 뼈대가 굵은 체격에 큼직하고 하얀 얼굴이다. 지금 빠진 이를 드러낸 채 활짝 웃고 있다. 분홍색 잠옷에 초록색 파카를 걸치고 복슬복슬한 분홍색 수면 양말을 신었다. 전체적으로는 괴상하지만 뭔가 분위기 있다.

나의 밋밋한 청 반바지와 깔끔한 티셔츠 차림이 오히려 내숭쟁이처럼 느껴진다.

리브가 말한다.

"응? 네 소개를 할 거야, 아니면 고무장갑을 퍼덕거리며 마냥 서 있기만 할 거야?"

나는 말한다.

"젤라. 젤라 그린이야."

리브가 코웃음 치듯 소리 내어 웃는다.

"미안. 생각보다 쪼금 더 이국적이어서. 생긴 건 별로 이국적이지 않지만."

다른 사람이 그런 말을 했다면 기분 나빴겠지만, 리브는 말을 재미있게 해서인지 나도 모르게 웃고 만다.

내가 말한다.

"여기서는 몇 시에 아침 먹어? 배고파 죽겠어."

리브가 다시 웃는다.

"나라면 여기서는 그런 표현을 안 쓸 거야. 기분 나빠 할 사람이 하나 있거든."

나는 무슨 말인지도 모르면서 계속 웃음 짓고 있다.

리브가 냉장고에서 달걀을 꺼내 오더니 유리 사발 가장자리에 톡 쳐서 깨뜨린다.

"주중에는 각자 아침을 만들어 먹어. 그게 더 편해. 안 그러면 의사쌤이 끼니때마다 몇 번씩 다르게 요리해야 하는데, 그건 너무하잖아?"

내가 말한다.

"왜 모두들 다르게 먹는데?"

리브가 피어싱한 갈색 눈썹을 노란 앞머리까지 추켜세우며 나를 휙 쳐다본다.

"곧 알게 될 거야. 어쨌거나 지금은 내가 기분이 좋고, 너도 처음 왔으니까 아침을 만들어 줄게. 딱 이번만이야."

달걀이 뜨거운 기름을 만나 칙 익어 가는 소리에 내 위가 기대에 차서 쿵쿵 뛴다.

"난 노른자는 덜 익고 흰자는 바삭하게 익은 게 좋아."

내 말에 프라이팬을 빠르게 놀리며 요리하던 리브가 대꾸한다.

"그렇게 굴다가는 공주님이란 별명을 얻게 될걸."

나는 어깨를 으쓱한다.

아빠는 기분 좋을 때면 나를 공주님이라고 부르곤 했다. 학교에서 불리던 별명에 비하면 공주님이란 별명은 하나도 기분 나쁘지 않다.

부엌 의자에 깔 깨끗한 수건이 없어 내 방에 뛰어갔다 온다. 지금까지 수많은 사람들이 그 의자에 앉았을 것이다. 엉덩이도 세균을 옮기는 매개체라고 한다.

내가 흠집투성이 나무 의자에 수건을 까는 것을 보고도 리브는 말이 없다. 골똘히 생각에 잠긴 듯 입술을 오므린 채 달걀프라이를 내 접시에 담아 준다.

기쁨의 숨을 내쉬며 달걀노른자를 두 개째 먹고 있는데, 갈색 머리로 얼굴을 절반쯤 가린 리브보다 어린 여자애가 슬그머니 부엌에 들어와 "아, 안녕." 하고 무심하고 무뚝뚝하게 인사하더니 요구르트 하나를 집어 들고 사라진다.

리브가 자기 접시를 치우고 다시 담뱃갑을 찾으며 말한다.

"쟤는 앨리스야. 세상 모든 것에 알레르기가 있지. 아, 게다가 먹지도 않아."

"요구르트는 먹잖아."

리브는 달걀들을 도로 냉장고에 넣고 있다.

"속지 마. 그 요구르트 하나로 온종일 버틸 거야. 일주일을 버틸지도 모르고."

나는 잠시 포만감을 즐기며 리브가 물을 따라서 꿀꺽 마시고 담배에 불을 붙이는 모습을 잠자코 지켜본다. 나와 함께 있는 것이 꽤 기분 좋아 보여 나는 용기를 낸다.

"넌 왜 여기에 왔어?"

리브가 변함없이 싱글거리며 의자를 끼익 밀고 일어선다.

"나? 아, 나는 아무 이상 없어. 이 집의 어릿광대야. 모두를 웃게 하는. 곧 여기서 나갈 거야."

리브가 담배를 뻑뻑 빨며 느긋하게 부엌문 쪽으로 가다가 나를 돌아본다.

"강박증이지, 그렇지?"

내 얼굴에서 웃음기가 사라진다. 과녁을 찾아 쌩하고 날아오는 그 명칭을 받아들이기 싫어서 퉁명스럽게 고개만 까딱하고 만다.

리브가 말한다.

"이전에도 몇 명 있었지. 한 명은 지난주에 떠났어. 네 방을 썼고. 어쨌거나 나중에 보자. 시간이 되기 전에 담배 사야 해."

리브가 간 뒤 나는 풀이 죽어서 '시간'이 뭔지 곰곰이 생각한다. 나 같은 애가 몇 명 있었다고.

내가 생각보다 독특한 존재는 아닌 모양이다.

멍하니 탁자를 바라보며 부스러기를 치우면서 골똘히 생각에 잠겨 있는데, 예수님처럼 생긴 남자가 머리를 움켜쥐고 하품을 하며 부엌으로 들어온다.

"진통제가 있어야 하는데. 안 그러면 난 두통으로 죽고 말 거야."

그러다 우뚝 멈추어 서더니 눈을 휘둥그레 뜨며 주위를

둘러본다.

"어젯밤의 그 부엌이 맞나? 누군가 마법이라도 부려 놓은 것 같네."

무슨 문제가 있어서 여기 왔는지, 왜 미친 십 대들만 있는 집에 어른이 있는지 물어보려고 용기를 내려는 찰나, 남자가 내 쪽으로 손을 내민다.

"그건 그렇고, 나는 조시라고 해."

매듭지은 가죽 팔찌들이 남자의 팔을 타고 내 쪽으로 스르륵 내려온다.

"내가 여기 주인이란다."

제7장
|||||||||||||||||||||||

나는 그 손을 모른 척한다.

"의례 행위 때문에요."

해명하는 말에 조시가 대꾸한다.

"오, 빌어먹을, 그렇겠지."

조시는 정말로 예수님을 닮았다.

발을 힐끗 본다. 역시나. 예수님처럼 낡은 갈색 샌들을 신고 있다. 길고 부드러운 진흙색 머리카락에 수염이 성글게 나 있고 의사쌤과 똑같이 작고 둥근 안경을 쓰고 있다. 의사쌤의 눈은 초롱초롱하고 눈빛이 깨어 있고 단호하지만, 조시의 눈은 나른하게 반쯤 감겨 있고 마치 잃어버린 옛사랑을 생각하는 듯 촉촉하고 아련하다.

"어질러 놓아서 정말 미안해. 수요일 밤은 항상 위험하다니까. 아무래도 중국 음식에 든 화학조미료 때문인 것 같아."

조시는 이렇게 말하며 눈을 살짝 찡긋하고 사람을 녹이는 함박웃음을 짓는다.

"커피 드실래요?"

내가 말한다. 경악스럽게도 얼굴이 붉어지고 있다.

조시는 찻주전자와 찻잔을 찾아 돌아다니다가 나를 돌아보며 다시 한 번 그 무장 해제 시키는 웃음을 보여 준다.

"여기서 지내다 보면 그런 예의범절은 곧 던져 버리게 될 걸. 부끄러운 일이지. 넌 참 좋은 애 같구나."

가슴이 두근두근 뛴다. 제정신이 아니다. 한순간 속으로 꺼벙한 예수처럼 생겼다고 비웃다가 다음 순간 믿을 수 없을 만큼 섹시한 미소 앞에 내가 앉아 있는 의자 밑이 무너져 내리는 기분이 들다니 말이다.

"이 사람 때문에 가슴이 두근거리지?"

의사쌤이 방금 들어왔다. 의사쌤은 조시의 어깨를 살짝 어루만지고 나를 보며 웃는다.

"굳이 말하진 않았을 텐데, 이 사람은 내 남편 조시란다."

심장이 바닥으로 쿵 떨어져 이리저리 차이다가 죽은 듯이 멈춘다.

"아, 남편요. 안녕하세요."

"이 사람은 여자의 마음을 잘 다루지."

의사쌤이 찡그린 얼굴로 창틀에서 자라는 초록 새싹들을

자세히 들여다보며 말한다. 오늘 앞치마는 두르지 않았지만 여전히 하얀 리넨 셔츠와 회색 치마를 입고 있다.

"재미있는 건 자신은 전혀 깨닫지 못한다는 거야."

조시는 성자 같은 얼굴에 어리벙벙한 표정을 띠고 의사쌤을 지그시 바라보고 있다.

"그건 당신들 여자들이 알아서 하세요. 난 화장실도 뚫어야 하고, 용감하게 카로의 굴에도 들어가 봐야 하니까."

'카로'라는 이름만 어느덧 두 번째 들었다. 어젯밤 그 끔찍한 비명 소리가 떠오른다.

의사쌤이 설명하는 투로 말한다.

"카로는 오늘 혼자 있어. 지금은 힘들 거야. 나중에 조시가 카로랑 시간을 가질 거야."

"그게 뭐죠?"

내가 묻는다. 마사지를 받는다는 걸까? 아니면 요가? 엄마는 요가가 영혼을 평온하게 해 준다고 했다. 학교에서 돌아와 보면 엄마가 초록색 매트 위에서 다리를 머리에 감고 있었다. 내 눈에는 전혀 평온해 보이지 않았다. 한 번 해 보았는데 목에 쥐가 나는 줄 알았다.

의사쌤은 커피 잔을 감싸 쥐고 식탁에 앉아 있다.

"여기 있는 아이들은 누구나 상담 시간이 있어. 조시랑 하든 나랑 하든. 우리는 행동 요법을 쓰는데, 그건 행동 유형들을 고민하고 그것을 어떻게 깨뜨릴지 생각해 보는 치료법이란다."

'깨뜨린다'는 말을 듣는 순간, 누군가 내 발밑에 있던 깔개를 확 치워 버리는 바람에 뾰족하고 울퉁불퉁한 돌덩이들 위에 서 있게 된 것처럼 불안해진다.

나는 양손으로 의자를 꽉 그러쥐고 의자 발걸이에 발을 올린다.

의사쌤이 말한다.

"첫 번째 시간은 오늘 저녁때나 있을 거야. 그때까지는 자유야. 집처럼 편하게 지내렴!"

의사쌤은 바쁘게 나가 버리고, 나는 텅 빈 접시만 뚫어지게 바라보고 있다.

이제 아침 8시밖에 되지 않았다. 집에서라면 지금쯤 의례 행위를 마치고 학교 갈 준비를 하고 있을 것이다.

모든 것이 뒤집혀 버렸다. 평상시 일정표는 산산이 부서졌다. 누가 볼까 두려워 계단에서 뛰지도 못한다.

부엌은 조용하고 텅 비어 있다. 고양이 문으로 쏜살같이 들어온 고양이가 사료 한 접시를 게걸스럽게 먹어 치우더니 재채기를 하고 다시 획 나가 버린다. 몸이 흠칫 떨린다. 고양이는 세균을 많이 옮긴다.

위층에서 수돗물 흐르는 소리, 쾅쾅 문 닫는 소리, 서로를 부르는 목소리가 들려온다.

나는 생각한다.

프랜, 방으로 올라가 프랜이 답문을 보냈는지 봐야겠어.

어쩌면 아빠가 전화했을지도 모른다. 그래, 그러면 이 기나긴 아침에서 2분은 지나갈 것이다. 그런 다음 다시 손 씻기를 하고, 그 뒤에 또 뭘 할지 생각해 볼 수 있을 것이다.

살금살금 위층으로 올라간다. 2층에는 화장실 빼고 대부분의 문이 열려 있다. 욕조에 물 받는 소리가 들린다.

지나가면서 방 안을 보지 않으려고 애쓰지만 쉽지 않다.

첫 번째 방에는 요구르트를 가져간 앨리스라는 여자애가 있다. 앨리스는 허리를 숙여 운동화 끈을 매고 있다. 밖이 찌는 듯이 더운데도 헐렁한 진초록 카고 바지와 초록색 긴소매 티셔츠를 입고 있다. 머리카락 사이로 드러난 목덜미에는 푸른 정맥이 두드러지고 쇄골이 튀어나와 있다.

맞은편 방의 파란색 침대는 아무도 쓰지 않은 듯 깨끗이 정돈되어 있다. 침대 위에는 파멜라 앤더슨 포스터가 붙어 있다. 아무도 없는 모양이다.

그 옆방은 아침의 부엌만큼이나 어질러져 있다. 책과 시디가 방바닥에 굴러다니고 구겨진 옷 꾸러미가 침대에 널려 있다. 리브의 초록색 파카가 눈에 띄자 웃음이 나온다. 뭔가 익숙한 것을 보니 안도감이 든다.

복도 끝 방은 문이 닫혀 있고 드라이어 소리가 흘러나온다. 어젯밤 코 고는 소리가 들리던 것으로 보아 조시와 의사 쌤의 방이구나 싶다.

좁은 계단을 올라 내 방이 있는 층으로 간다.

올라가 보니 화장실 옆방이 빼꼼 열려 있다.

숨죽이고 살짝 들여다본다.

창가 긴 의자에 한 여자애가 앉아 있다. 책상다리하고 앉아 있는데, 얼굴 양쪽으로 늘어뜨린 긴 금발 머리가 햇살을 받아 반짝이고 있다.

여자애는 오른손으로 뭔가 바쁘게 하고 있다.

눈부신 햇살 속 너무나 아름다운 여자애 모습에 잠시 멍해진다. 현대에 나타난 깡마른 금발 머리 천사가 낡은 창문을 등지고 앉아 있었다.

이 다락방 벽은 그림들로 도배되어 있다. 성난 듯 강렬한 붉은색 물감으로 그려진 그림들도 있고, 흑백의 신랄한 만화들도 있다. 모두 여자애가 그린 것임을 깨닫는 순간 놀랍고도 부러웠다.

지금도 그림을 그리고 있나 보다.

손에 무엇을 쥐고 있는지는 보이지 않는다. 늘어뜨린 머리채에 가려 보이지 않지만, 여자애는 아주 주의 깊게 뭔가를 하고 있다.

얼마나 몰입했는지 빨간 물감이 하얀 마룻바닥으로 뚝뚝 떨어지는 줄도 모르고 있다.

나는 목을 흠흠 가다듬는다. 빨간 물감이 하얀 바닥에 떨어지는 것을 보고 있으려니 몹시 신경 쓰인다.

여자애가 화들짝 놀라 고개를 든다.

잔뜩 찌푸린 얼굴은 적의에 차 있고, 보기 싫을 정도로 창백하다. 이마에는 식은땀이 반들거린다.

뭔가 쨍그랑하고 바닥에 떨어진다.

여자애가 소매를 끌어 내리지만 너무 늦었다.

마룻바닥으로 뚝뚝 떨어지던 그것이 새빨간 물줄기처럼 내 쪽으로 흘러온다.

그림물감이 아니다.

제8장

사람이 피를 그렇게 많이 흘리는 것은 지금까지 딱 한 번 보았다.

엄마가 죽기 전날 나는 헤더와 병원에 갔다. 우리는 엄마가 누운 특수 침대 가장자리에 불편하게 앉아 있었다.

엄마는 말을 별로 하지 않았지만 눈으로 많은 것을 이야기했다. 내가 학교에서 어떤 일이 있었는지, 주말에 무엇을 할지 이야기하면 엄마 눈이 반짝반짝 빛났다.

"참 재밌겠구나."

주절주절 늘어놓던 이야기가 끝나자 엄마가 말했다.

그러더니 벌떡 일어나 앉아 내 하얀 치마에 시커먼 피를 왈칵 토하고는, 놀이공원에서 총을 쏘면 획 넘어가는 딱딱한 판지 인형처럼 뒤로 넘어졌다.

간호사가 엄마를 닦아 주는 동안 헤더는 나를 감싸 안고 병실을 나왔다.

치마에는 이미 진한 붉은색 꽃무늬들이 물들어 있어서 혜더가 특수 세제로 얼룩을 빼 주었다. 덕분에 계속 입고 다니기는 했지만 항상 찜찜함은 떨쳐지지 않았다.

창가에 앉은 여자애가 뭐라고 욕을 하면서 긴소매로 손목을 감싸고 있다.

나는 화장지를 꺼내 그 애한테 건넨다. 그 애가 화장지를 대려고 소매를 들출 때 팔이 언뜻 보인다.

그 애의 팔은 온통 흉터투성이다. 성난 듯 벌게져서 울퉁불퉁 튀어나온 흉터도 있고, 길쭉한 이랑처럼 두두룩하게 솟아오른 흉터도 있었다. 십자 무늬 선들이 수없이 그어져 있었는데, 어떤 것은 진물이 흐르고 어떤 것은 다 나아 희끄무레했다.

여자애가 말한다.

"꺼져. 들어오지 마."

나는 손에 화장지를 감고 허리를 구부려 방바닥에서 손톱 다듬을 때 쓰는 손톱 줄을 집어 든다.

손톱 줄을 되돌려 주며 말을 건넨다.

"이런 걸로도 그렇게 상처를 낼 수 있는지 몰랐어."

무신경하게 들릴 수도 있지만, 이런 상황에서 달리 무슨 말을 하겠는가?

팔에다 그런 짓 하는 거 멋지다.

자기 살에 구멍을 내는 게 재미있니?

반창고는 꼭 붙여야겠구나.

여자애가 양 소매를 끌어 내리고 고개를 무릎에 처박는다.

내가 말한다.

"사람 좀 불러다 줄까?"

그 애가 고개를 들고 싸늘한 눈빛으로 나를 바라본다.

"순진한 박애주의자라도 되는 거니?"

그 애는 처음 생각했던 것보다는 나이가 많은 것 같다. 열다섯이나 그쯤인 듯하다. 작은 몸집에 눈 밑이 푸르스름하게 그늘져 지쳐 보인다.

"아니. 난 방금 여기 왔어. 내 방은 바로 옆방이야."

"아, 그 강박증."

그 애는 무심하게 말하고는 고개를 돌려 창밖을 바라본다.

나는 화가 불끈 치민다.

"나도 이름이 있어. 젤라 그린이야."

그 애가 홱 돌아본다.

"무슨 이름이 그래? 엄마랑 싸우기라도 했어?"

"엄마는 돌아가셨어."

침묵이 흐른다.

그 애가 방금 한 말을 취소하고 사과하고 싶어 하는 것이 눈에 보이지만, 마음이 영 풀리지 않는다.

핏물이 떨어진 방바닥을 보니 속이 울렁거린다. 당혹스럽다. 불편하다.

할 일은 하나뿐이다.

나는 그 방을 나선다.

그 애가 말한다.

"그래, 다음에 보자고, 강박증."

혐오감이 잔뜩 밴 목소리다.

내 방으로 돌아와 문을 닫는데 마릴린 맨슨 음악이 들려온다. 그 야만스러운 굉음이 벽을 뚫고 들어와 내 방의 하얀 가구들에 위협적인 검은 그림자를 드리운다.

귀고리를 잡아 빼내 상자 속에 던져 놓는다. 이 피의 느낌을 없애려면 양손을 62번씩 씻어야 한다.

프랜한테 문자가 왔는지 휴대폰을 확인해 본다.

아무것도 없다.

의사쌤이 점심 먹으러 내려오라고 복도에서 낡은 종을 울린다.

의사쌤은 오렌지색 민소매 원피스 차림에 로마 샌들을 신고 금발찌를 차고 있다. 잿빛 곱슬머리는 여전히 부스스 헝

클어져 있다.

하얀 셔츠와 반바지 차림의 조시는 벌써 부엌에 내려와 쌀 요리를 접시에 담고 부드러운 갈색 롤빵에 버터를 바르고 있다. 김이 모락모락 나는 리소토를 접시에 퍼 담는 사이 사이에 상상 속 오케스트라를 연주하고 있다. 채널 3이 라디오 전파 전쟁에서 다시 승리를 거두었다.

"젤라, 음료수 좀 따라 주겠니?"

조시가 오렌지주스와 사과주스 세 통이 있는 쪽으로 손짓을 한다.

식탁에는 6인분만 차려져 있다.

"솔은 하루 이틀 정도 집에 다녀온다고 했어. 곧 돌아올 거야."

의사쌤은 늘 그렇듯 내 머릿속을 들여다본 것 같다.

"솔이 없는 것도 몰랐을걸요."

리브가 춤추듯 빙글빙글 돌며 들어와 조시가 식탁에 올려놓은 바구니에서 롤빵을 집는다.

"우리 솔은 말이 없는 남자거든. 없어도 너무 없지."

의사쌤이 꾸짖듯 얼굴을 찡그리며 말한다.

"리브, 젤라 스스로 사람들을 판단하게 내버려 둬. 그리고 자리에 없는 사람을 두고 이러쿵저러쿵 놀려서는 안 돼."

"오오, 죄송해요."

이렇게 말하면서도 리브의 통통한 얼굴은 활짝 웃고 있다.

리브는 모자 달린 까만 운동복 상의와 회색 운동복 바지를 입고 있다. 여전히 신발을 신지 않았고, 아침에는 밝은 분홍색 양말이었는데 지금은 복슬복슬한 하얀색 양말을 신고 있다. 헤어 젤을 발랐는지 금발 앞머리가 꼿꼿이 서 있는 흰 족제비들 같다.

조시가 말한다.

"다들 앉아."

조시가 버섯리소토를 우리 앞에 놓아 주고 있는데, 앨리스가 시무룩한 표정으로 천천히 들어온다. 자리에 앉아 팔꿈치를 껴안은 채 접시를 뚫어져라 쳐다본다. 광대뼈가 창백한 피부 위로 도드라져 보인다. 코 밑에는 보드라운 솜털 수염이 나 있고 이는 약간 튀어나왔다. 숱이 적은 긴 갈색 머리카락은 감지도 않은 상태다. 하지만 이 모든 것에도 불구하고 앨리스는 이 집에서 가장 예쁜 사람이다. 어쩌면 조시 다음으로.

의사쌤이 노르스름한 파머잔 치즈를 뿌린 초록색 브로콜리 접시를 사람들에게 돌리며 말한다.

"너희는 젤라를 만난 적 있니?"

앨리스와 리브가 고개를 까닥한다.

나는 카로와 만났다는 이야기는 하지 않는다. 왠지 모르지만 본 것이 있어도 말을 아낄수록 여기서 지내기가 편할 것 같다.

다들 식사를 시작한다.

음, 리브는 이 세상에서 먹는 마지막 식사라도 되는 듯 음식을 입속으로 쓸어 넣다시피 한다. 조시도 수염에 묻은 밥알이 하얀 구더기처럼 접시 위로 떨어지는 것도 모른 채 열심히 먹고 있다. 의사쌤은 팔꿈치를 식탁에 올린 채 포크만 오른손에 들고 밥을 떠먹고 있다.

나는 호주머니에서 따로 나이프와 포크를 꺼내 살그머니 자리에 놓는다. 의사쌤과 조시는 모른 척해 준다.

앨리스는 음식을 접시 가장자리로 밀어 놓고 어쩌다 밥알 한 개씩 포크로 찍어 입에 가져간다.

"조금이라도 먹어 봐."

조시가 빵 바구니를 앨리스 쪽으로 밀어 준다.

앨리스는 통곡물롤빵을 벌려 버터를 걷어 내고 빵 껍질에 뿌려진 씨앗들을 떼어 낸 다음 무슨 폭발물이라도 되는 양 조심스럽게 입에 문다.

리브가 나를 보고 눈알을 굴리며 말한다.

"너도 이 정신 병원에 익숙해질 거야. 일등 미치광이는 위층에 있어. 곧 만남의 기쁨을 맛볼 수 있겠지."

조시가 말한다.

"리브, 입 다물고 오븐에서 디저트나 꺼내 와."

리브가 벌떡 일어나 블랙베리크럼블(과일에 밀가루, 버터, 설탕을 섞은 반죽을 씌운 뒤 오븐에 구운 디저트 : 옮긴이)과 작은 요구르트를 가지고 온다. 그러고는 요구르트를 앨리스에게 준다.

앨리스는 의자를 밀면서 일어나 배기 바지 주머니에 요구르트를 넣고 고맙다고 웅얼거리며 부엌을 나간다. 내게는 그렇게 들렸다. '고' 소리밖에 못 들었지만.

리브가 말한다.

"믿기지 않겠지만 예전에는 더 심했어."

앨리스가 남기고 간 접시를 본다. 뒤적뒤적해 놓은 리소토가 둥근 흔적들을 남긴 채 차갑게 식어 있다.

조시가 묻는다.

"크럼블 먹을래?"

나는 따로 가져온 숟가락을 꺼낸다. 내가 접시를 건네자 조시가 김이 모락모락 나는 보랏빛 크럼블을 덜어 준다.

5시 30분에 의사쌤이 위층 진료실에서 나를 기다린다.

"들어와요."

의사쌤은 오렌지색 원피스 자락을 가다듬으며 환하면서도 꼼꼼히 뜯어보는 듯한 미소로 나를 뚫어지게 바라본다.

진료실은 회색과 베이지색의 차분한 색조로 칠해져 있다. 창가에 나무 책상이 있고 벽에는 높다란 철제 서류 캐비닛이 서 있다.

의사쌤이 책상 뒤가 아니라 앞쪽에 크고 둥근 등받이가 달린 까만 의자를 놓고 앉아 있다. 로마식 샌들을 벗어 놓고 거칠거칠한 잿빛 양탄자 위에서 한쪽 발을 다른 쪽 발에 문지르고 있다.

오염 경보다.

자꾸만 신경에 거슬린다. 발바닥에 온갖 지저분한 것들이 다 묻을 것이다.

의사쌤이 내 표정을 읽었는지 샌들을 도로 신고 똑바로 앉는다.

"앉으렴."

의사쌤은 이렇게 말하며 크기만 작을 뿐 자신이 앉은 의자와 똑같이 생긴 의자 쪽으로 손짓한다.

나는 A4 용지를 꺼내 의자에 깔고 앉는다.

내가 바스락거리는 종이에 앉는 동안 의사쌤은 이 모든 것을 기록하는 것 같다. 글로 쓰지는 않지만 컴퓨터처럼 의사쌤의 머릿속에 입력되어 나중에 열어 볼 수 있는 파일로 저장되고 있음을 알 수 있다.

"좋아. 첫 시간은 이야기를 나눌 거야. 아무것도 시키지 않

아. 치료 계획만 세심하게 세워 보자."

나는 곱슬머리 끝을 손가락으로 빙빙 돌린다. 머리카락이 잔뜩 엉켜 붙은 청소용 솔 같은 느낌이다. 의사쌤이 맘에 들긴 하지만 아직도 내가 왜 여기에 와 있는지 잘 모르겠다.

앞쪽의 벽에 있는 작은 얼룩에 눈길이 머문다. 내 주머니에는 화장지가 있다. 화장지를 꺼내고 싶어 몸이 근질근질하다. 나는 이를 악물고 손을 깔고 앉는다.

의사쌤은 고개를 갸웃한 채 나를 지켜보고 있다.

"닦아 내야 맘이 편해질 것 같으면 닦고 오렴."

나는 일어나 벽으로 다가가 그 거슬리는 얼룩을 닦고 더러운 화장지를 깨끗한 화장지로 감싼다.

의사쌤은 내가 종이 깔린 의자에 도로 앉을 때까지 기다렸다가 눈가의 잔주름들이 다 보일 정도로 바짝 내 쪽으로 몸을 기울인다.

"젤라, 의례 행위에서 벗어나고 싶을 때가 있니?"

잠깐 생각해 보지만 아무래도 그것은 외계인들한테 상점가에 착륙해서 탑샵(영국의 대표적 중저가 패션 브랜드 : 옮긴이) 매장에 들어가 복장을 갖춰 입을 수 있겠냐고 물어보는 것이나 마찬가지다. 구체적으로 생각해 본 적도 없다. 그러니까 내 말은…… 의례 행위는 내 삶의 일부라는 것이다. 영원히 나와 함께할 것이다. 그렇지 않을까?

의사쌤이 말한다.

"꼭 그런 건 아니야."

나도 모르게 소리 내어 말해 버렸나 보다.

"너만 원하면 의례 행위에서 벗어날 방법을 함께 고민해 볼 수 있어."

다시금 공포감이 확 밀려든다. 마치 발밑이 꺼지고 천장이 산산이 부서지면서 내 몸이 뚫린 지붕 위로 솟아올라 어둡고 거대하고 적대적인 하늘로 빨려 들어가는 기분이다.

"딱히 벗어나고 싶진 않아요."

목소리가 갈라지고 이상하게 숨이 턱턱 막히는 것 같다. 몸이 떨리는 것을 막으려고 단단히 팔짱을 낀다. 당장 나가서 기분이 풀릴 때까지 수백만 번이라도 뛰고 싶다. 계단으로 달려가고 싶어 좀이 쑤신다.

의사쌤은 여전히 미소 짓고 있다. 순간 분노가 나를 꿰뚫고 지나간다. 쌤은 왜 항상 웃고 있는 걸까? 저 사람은 짜증 나는 일도 없는 걸까? 무엇보다도 치료를 시작할까 봐 잔뜩 졸아 있는 날 보는 것도 짜증 날 법한데 말이다.

나는 어금니를 앙다물고 말한다.

"전 여기 오겠다고 한 적 없어요. 아무 이상이 없으니까요. 여기 오기 전까지 모든 것을 잘 해내고 있었다고요."

의사쌤은 웃음을 잃지 않으며 고개를 끄덕인다.

"이번 시간은 여기서 마쳐야겠구나. 이만하면 충분한 것 같아."

그 말이 떨어지기가 무섭게 나는 벌떡 일어난다. 격렬한 분노에 씨근거리며 말을 뱉는다.

"그래요. 여긴 지긋지긋해요. 당신도, 그 맛이 간 애들도."

확 열어젖힌 문이 벽에 쾅 부딪혀 시커먼 자국이 남지만 개의치 않는다. 아까 닦아 낸 벽의 얼룩도 어쩌면 의사쌤이 일부러 만들어 놓았는지도 모른다. 나를 시험하기 위해서 말이다. 내 '작은 문제'가 실제로 얼마나 심각한지 알아보려고. 하지만 진짜 문제는 내가 이곳에 갇혀 있다는 사실뿐이다. 여기서 나가야만 한다.

헤더와 연락해서 날 데려가라고 해야겠다.

진료실을 뛰쳐나와 작은 계단을 올라 내 다락방으로 뛰어간다. 그러고는 침대에 깔아 둔 수건에다 얼굴을 묻고 엉엉 울고 만다.

깜박 잠들었나 보다. 깨어나 보니 축축한 수건과 뜨뜻한 침 속에 얼굴을 묻고 있다.

누군가 나직하게 내 이름을 부르고 있다.

"엄마?"

나는 잠이 덜 깬 채 중얼거린다.

힘들게 일어나 앉는다. 몇 시간이나 잔 듯 머리가 무겁고 멍멍하다.

처음에는 아무도 보이지 않는다.

누군가 문에 등을 기대고 앉아 있다.

카로다.

제9장
||||||||||||||||||

카로가 말한다.

"야, 강박증, 온 나라가 떠나갈 듯이 코를 골더라."

카로의 옷소매는 깡마른 손목까지 내려져 있고 까만 아이라이너는 그 어느 때보다도 두드러져 보인다.

"너였구나."

바보 같은 말이다. 당연히 카로겠지. 다른 사람일 리가 있나. 그 고약한 말버릇, 금발 머리와 부루퉁한 표정.

카로가 일어난다.

내 침대맡에 앉은 카로는 처음에는 가느다란 자기 손가락과 다이아몬드 장식들이 박힌 까만 손톱만 들여다보다가 벌겋게 달아오른 통통한 내 얼굴로 시선을 옮긴다.

지난번에 본 광경이 떠올라 경계심이 든다. 세수해야 하는데 애 앞에서 씻고 싶지 않다.

카로가 입을 연다.

"근데 강박증, 왜 의사쌤한테 내가 한 짓을 말 안 했어?"

나는 어깨만 으쓱한다.

"나하고 상관없는 일이니까. 내가 바라는 건 여기서 나가는 것뿐이야."

카로가 웃는다. 쉰 목소리로 웃다가 흡연자들처럼 콜록거린다.

"그래, 맞아. 다들 그렇게 말하지. 아무도 자기가 이상하다고는 생각지 않으니까. 어쩌고저쩌고하면서."

나는 몸을 일으켜 꼿꼿이 앉는다.

"나는 아주 행복해. 여기 있을 필요가 없다고."

카로가 까만 눈썹을 추켜세우며 재미있다는 듯 나를 바라본다.

"이봐, 넌 문제가 심각해."

팔이 온통 울퉁불퉁 분홍색 흉터투성이인 여자애한테서 그런 말을 듣다니, 웃긴다, 아주.

먼저 대놓고 말하니 나도 그러기로 맘먹는다.

"내가 처음 왔던 날 왜 그렇게 비명을 질러 댔어?"

카로가 갑자기 손톱 밑의 때를 빼내는 데 관심을 기울인다. 오염 경보다. 나는 그 때가 어디로 떨어지는지 주시하며 주춤주춤 물러난다.

카로가 말한다.

"조시가 내 스케치북을 가져갔어. 만날 자신을 표현하라고 하면서 내 그림은 맘에 안 드나 봐. 어쩔 수 없지."

"그림 좀 봐도 돼?"

스스로도 놀랍게 이런 말이 툭 나온다.

카로는 카키색 윗도리의 나달거리는 옷자락을 만지작거린다.

"으음, 다음에. 개인적인 거라서."

"좋아."

뺨에 말라붙은 눈물 자국이 버석거린다.

카로가 손톱을 보여 주며 말한다.

"내가 디자인한 거야."

우리는 아주 옅은 미소를 주고받는다. 뭐, 나는 미소를 지었지만, 카로는 귀찮게 달려드는 나방을 피하듯 뺨을 씰룩거리는 것처럼 보인다.

카로가 일어서려 한다.

내가 묻는다.

"부탁 하나 해도 돼?"

"그래, 의사쌤한테 내 얘기 안 한 걸로 신세를 졌으니까. 말해 봐."

"마릴린 맨슨 노래의 볼륨 좀 낮추어 줄래?"

카로가 고개를 돌려 나를 노려본다.

"안 돼. 맨슨은 나한테 최고의 치료제야."

"나한테는 시끄러운 소음덩어리야."

"안 돼."

카로는 벌떡 일어나 문으로 향한다. 그러다 문가에서 걸음을 멈추고 등을 돌린 채 말한다.

"맨슨의 노래는 어울리지 못하는 사람들의 이야기야."

이틀이 지났는데도 프랜은 연락이 없다.

저녁 식탁에 새로운 얼굴이 나타났다.

내 맞은편에 어떤 남자애가 앉아 있는데, 고개도 들지 않고 스파게티를 정신없이 먹어 대고 있다.

조시는 나른한 미소를 띤 채 의자에 기대앉아 병맥주를 홀짝홀짝 마시고 있다. 조시는 항상 침대에서 방금 나왔거나 다시 침대로 돌아가고 싶어 하는 사람처럼 보인다. 눈을 제대로 뜨고 목적의식이 분명하게 움직이는 순간이 하루에 한 시간이라도 있을지 의심스럽다. 늘 보면 하품하거나 우리에게 상냥한 미소를 보내며 어슬렁어슬렁 돌아다니고 있다.

의사쌤은 식탁에 팔꿈치를 받치고 먹고 있는데, 팔이 움직일 때마다 금빛 팔찌들이 스르르 미끄러진다. 의사쌤은 반짝이는 눈으로 그 남자애만 보고 있다.

"솔, 이 아이는 젤라라고 해. 인사해."

내 오른쪽에 앉은 리브가 킬킬거리자 의사쌤이 찡긋하며 주의를 준다.

"죄송해요. 그냥, 뭐, 아시잖아요."

나는 포크로 파스타를 돌돌 마는 데 정신을 집중한다. 카로도 여기 있었으면 좋겠다 싶지만, 카로는 여전히 방에 틀어박혀 있다.

솔이 고개를 들어 나를 흘낏 보더니 고개를 까딱한다. 크고 진한 갈색 눈동자에는 웃음기 하나 없다. 머리는 파르라니 깎았고, 울긋불긋하고 창백한 내 피부보다 피부색이 15단계는 더 어둡다.

의사쌤이 잔마다 포도주와 맥주와 주스를 다시 따르며 말한다.

"솔은 말하는 걸 별로 좋아하지 않는단다. 그래도 괜찮아."

"리브가 메우고도 남죠."

앨리스가 한마디 한다. 앨리스는 숱 적은 머리채를 식탁 위로 늘어뜨린 채 옹송그리고 앉아 새 모이만큼 먹고 있다.

나는 솔한테서 눈을 뗄 수가 없다. 그렇게 아름다운 얼굴은 처음 본다. 어떻게 조시를 잘생겼다고 생각했는지 모르겠다. 솔 옆에 있으니 조시는 우스꽝스러운 반바지를 입은 수염 기른 늙은 사내에 지나지 않는다.

리브가 말한다.

"맙소사, 공주님이 반한 모양이네."

나는 얼굴이 빨개져 별안간 빈 접시에 지대한 관심을 쏟는다.

"놀리지 마."

의사쌤이 이렇게 말하며 앨리스에게 작은 요구르트를 건넨다. 앨리스는 끼익 의자를 밀고 일어나 미끄러지듯 부엌을 나간다. 나가면서 요구르트는 쓰레기통에 버린다.

리브는 눈알을 크게 굴리며 고개를 흔든다.

솔은 고개 한 번 들지 않고 초콜릿아이스크림을 먹어 치우고 있다.

조시는 하품을 뱉으며 축 처진 갈색 머리카락을 손으로 빗는다.

"접시에 좀 덜어 줄까?"

의사쌤이 아이스크림 주걱을 뜨거운 물에 담갔다가 아이스크림 통에 넣으며 묻는다.

나는 고개를 끄덕인다.

눈물이 그렁그렁 차오른다.

이런 괴짜들과 한데 갇혀 있다니, 빨리 집으로 돌아가고 싶은 마음뿐이다.

진짜 '집'이 어디 있는지는 모르지만 말이다.

휴대폰을 백 번은 확인했지만 아빠나 프랜한테서는 아무런 연락이 없다. 침대 옆 서랍장에 휴대폰을 올려놓고 문가로 걸어간다. 다시 돌아와 휴대폰을 확인한다. 침대에 눕는다. 다시 일어나 앉아 휴대폰을 확인한다. 혹시나 배터리가 다 되었나 싶어 전원을 껐다가 켠다. 휴대폰 뒷면에서 작은 오렌지색 유심 카드를 뺐다가 다시 꽂고 휴대폰 덮개를 덮는다.

아무런 메시지도 없다.

음성 사서함이 제대로 설정되어 있는지 확인해 본다.

이곳에 오기 전에 녹음해 둔 내 목소리가 재잘재잘 흘러나온다.

"안녕하세요, 젤라예요. 지금은 어딘가의 다른 삶을 위해 부재중이라 통화할 수 없습니다. 메시지를 남겨 주시면 연락드릴게요."

아빠가 사라지기 전에 녹음한 메시지다. 아빠는 지난번 생일 때 이 휴대폰을 선물해 주었다.

화면에 발신자 이름이 표시되는 작은 은색 휴대폰이다.

프랜은 분명 번호를 알고 있다. 학교에서 나란히 앉아 있을 때조차도 문자를 보내고는 했으니까. 천진한 얼굴로 선생님 말에 열심히 귀 기울이는 척하면서 책상 밑에서 엄지손가락을 번개처럼 놀리며 서로에게 문자를 보냈다.

침대 옆에 조용히 놓여 있는 휴대폰을 바라본다.

나는 속삭인다.

"프랜, 어디 있니?"

거대한 적막이 나를 감싼다.

카로가 튼 마릴린 맨슨 노래가 벽을 쿵쿵 울린다. 그 소리
가 오히려 반가울 정도다.

그날 밤 의례 행위는 끝날 줄 모른다.

한동안은 그렇게까지 심하지 않았다.

얼굴과 손을 닦는 횟수를 두 배로 늘리면 프랜이 문자를
보낼지도 모른다.

수도꼭지에 화장지를 감고 온수를 틀어 델 정도로 뜨거운
물이 나오기를 기다린다.

그 뜨거운 물 아래서 오른손을 62번 비누칠하고 헹군다.
아파서 숨이 턱턱 막히고 욕이 나올 지경이지만 다행히 시
끄러운 음악 소리에 묻혀 버린다.

벌겋게 벗겨져 쓰라린 손의 냄새를 맡아 본다. 깨끗하다.

왼손도 62번 씻는다.

때 한 점이라도 끼었나 하고 손톱을 살펴본다. 깨끗하다.

거울에 비친 부은 뺨을 뚫어지게 바라본다.

"5분 안에 세수를 백 번 하면 프랜이 전화할 거야."

나는 이렇게 중얼거린다.

세면대에 물을 채우고 손톱 솔을 찾아온다. 하얀 거품으로 뒤덮일 때까지 솔을 비누에 문지른다.

시계의 분침이 12에 닿을 때까지 기다린다.

오른손으로 오른뺨을 50번 문지른다.

그리고 나서 왼손으로 왼뺨을 50번 문지른다.

비눗기가 다 가실 때까지 얼굴을 헹군다.

5분 3초. 빌어먹을.

프랜한테서 전화가 오긴 틀렸다.

온수를 계속 틀어 놓고 세면대에 남은 비누 찌꺼기를 흘려보낸다.

할 일은 한 가지뿐이다.

새 비누 포장지를 벗긴다.

한참이 지나서야 편안하게 침대에 눕는다. 얼굴과 손이 너무 쓰려려 침대 시트에 닿기만 해도 고통스럽다.

결국 팔을 몸통에 딱 붙이고 손바닥을 위로 한 채 눕는다. 위에서 내려다보면 꼭 큰 성당의 무덤에 안치된 대리석 군인상처럼 보일 것이다. 발치에 작은 개가 앉아 있고 전쟁으로 파괴된 고귀한 몸에 갑옷만 걸치고 있다면 정말 똑같을 것이다.

나는 상상 속에서 개를 지워 버린다.

개들은 세균이 많으니까.

똑똑, 문 두드리는 소리에 잠이 깬다.

의사쌤이 "자고 있니, 젤라?" 하고 묻는다. 그럴 리가. 치맛
자락 서걱거리는 소리, 팔찌 짤랑거리는 소리, 마룻바닥 끽
끽거리는 소리를 내며 의사쌤이 마치 연극하듯 속삭인다.

나는 말한다.

"지금 깼어요."

침대맡 스탠드를 켜고 휴대폰을 흘낏 본다. 여전히 메시지
가 없다.

의사쌤이 말한다.

"미안하구나. 내일 아침 식사 후에 상담이 있다는 걸 알려
주러 왔어."

잠이 확 달아난다.

"올바른 방향을 찾아 한 걸음 나아가려는 것뿐이야. 네가
꼭 해야 하는 거 한 가지만 골라서 어떤 이론에 적용시켜 볼
거야."

어둠 속에 있던 키 큰 의사쌤이 복도의 불빛 쪽으로 걸어
간다.

"잘 자렴."

나는 손바닥과 얼굴의 통증을 느끼며 세 시간이나 그대로 누워 있다.

결국 일어나서 마룻바닥에 수건을 깔고 소리 죽여 128번 뜀뛰기를 한다.

벽을 쿵 치는 소리가 난다.

카로다.

"강박증, 작작 좀 해라. 지금 새벽 2시라고."

최대한 빨리 끝낼 수밖에 없다.

뜀뛰기를 끝내고 침대로 기어 올라가 새벽빛이 새어 들어올 때까지 휴대폰이 울리기를 빌고 또 빈다.

제10장
''''''''''''''''''''''''''''

이튿날 아침 마주친 카로는 아래층에서 알약 두 알을 물 잔에 넣고 휘젓고 있다.

카로가 흰 빵 두 쪽을 토스터에 넣는 나를 보고 끙 소리를 낸다.

"머리 아파. 어떤 멍청이가 쿵쿵 뛰는 바람에 밤새 잠을 설쳤어."

카로는 벌겋게 달아오른 내 피부와 통통 부은 눈을 바라본다.

내가 말한다.

"미안. 꼭 끝내야 하는 일이 있어서."

카로는 콘플레이크 한 숟가락을 입에 가져갔다가 도로 내려놓는다. 벌써 열 번째 그러고 있다.

카로가 묻는다.

"넌 원래 그렇게 먹냐, 강박증?"

카로는 잔뜩 짜증이 나 있고 신경이 극도로 날카로워져 있다. 분노와 두려움이 엄습한다.

리브가 말한다.

"그냥 무시해 버려, 공주님."

리브는 아이팟의 다이얼을 돌리며 식탁에 앉아 있다.

"쟤는 남들을 바보 취급하지만, 사실은 여기서 제일가는 사이코지."

카로가 천사 같은 미소를 짓는다. 컵을 들어 물을 홀짝 마시고는 리브의 얼굴에 그대로 확 끼얹어 버린다.

"어머나, 이런. 실수였어."

카로는 이렇게 말하고는 의자가 넘어가도록 난폭하게 자리를 박차고 일어난다. 넘어진 의자를 그대로 둔 채 문을 쾅 닫고 나가 버린다.

리브가 아이팟이 괜찮은지 살펴보며 말한다.

"저건 아무것도 아니야. 밤중에 내 머리카락을 자른 적도 있어."

"유리로 된 커피 테이블을 주먹으로 부수기도 했지."

앨리스가 말을 보탠다. 늘 그렇듯 얼굴은 머리카락에 반쯤 가려져 있다. 마마이트(이스트 추출물로 빵에 발라 먹는다 : 옮긴이)를 눈곱만큼 바른 크래커를 야금야금 먹고 있다.

나는 구운 빵에 내 전용 나이프로 버터를 바르고 자리에 앉는다.

"카로는 왜 저렇게 화가 났어? 여기 오기 전에 무슨 일이 있었던 거야?"

내 물음에 리브와 앨리스가 서로 눈길을 주고받는다.

리브가 말한다.

"말해 줄 수 없어. 의사쌤은 환자의 비밀을 지켜 주어야 한다고 지겹도록 강조하거든."

나는 고개를 끄덕인다. 나도 엄마가 암으로 죽고, 아빠는 소식이 끊겼으며, 그동안 새엄마와 힘들게 지낸 일들을 남들에게 알리고 싶지 않다.

이곳에 사는 우리는 모두 비밀을 갖고 있다.

조시가 우유를 들고 느긋하게 들어온다.

"멋진 아침이야. 이런 아침이면 살아 있다는 게 새삼 기쁘지 않니?"

"넵."

리브가 활짝 웃는다.

꼭대기 층에서는 마릴린 맨슨의 아우성이 다시 시작된다.

이번 상담은 내 방에서 하기로 했다. 카로 방을 지나면서 언뜻 보니 카로는 창가 자리에 앉아 스케치북을 들여다보고 있다.

내가 말한다.

"스케치북을 돌려주셨군요."

의사쌤이 말한다.

"카로를 조용히 있게 해 주는 건 스케치북뿐이거든. 그림 주제가 조금 괴이쩍긴 하지만, 분명 뛰어난 재능을 갖고 있어. 카로 그림 본 적 있니?"

"보여 주지 않을 거예요."

의사쌤이 말한다.

"언젠가는 보여 줄 거야. 카로는 무슨 일이든 마음의 준비가 되어야 해. 사실 내가 보기엔, 너한테 호감이 있는 것 같아. 네가 그 애한테 도움이 될지도 모르겠구나."

"호감 있다는 게 막 노려보고 으르렁거리는 거라면, 네, 카로는 절 무척 좋아하는 게 틀림없어요."

의사쌤이 소리 내어 웃는다. 눈가에 주름이 잡히고 눈이 반짝반짝 빛나고 있다.

어쩌면 이번 상담은 그다지 나쁘지 않을지도 모른다.

의사쌤이 커튼을 젖히자 환한 햇살이 마룻바닥 위로 쏟아진다. 의사쌤은 화장대에서 의자를 가져다가 방 한가운데 앉는다.

"오늘은 편하게 할 거니까 침대에 앉아도 돼."

나는 의사쌤도 보이고 휴대폰도 보이는 위치를 골라 벽에 등을 기대고 앉는다.

의사쌤이 말한다.

"일단 저것 좀 서랍에 넣어 줄 수 있겠니? 네가 온전히 집중했으면 해서."

뜻밖의 말이었다. 바짝 긴장된다. 프랜이 지금 전화하면 어떡하지? 서랍에 넣어 두어도 벨 소리가 들릴까? 혹시 음성 사서함 기능이 잘못돼서 프랜이 메시지를 남기지 못하면 어떡하지?

내 얼굴에 이런저런 걱정들이 나타났는지 의사쌤이 제안한다.

"좋아, 그럼 이렇게 하자. 전화기를 주면 내가 주머니에 넣고 있을게. 벨이 울리면 진동이 느껴질 거야. 그러면 너한테 건네주마. 약속해."

나는 의사쌤의 손자국이 남지 않도록 잽싸게 휴대폰에 플라스틱 덮개를 씌운다. 휴대폰이 의사쌤의 하얀 리넨 셔츠 주머니 깊숙이 사라진다.

의사쌤이 말한다.

"자, 가장 먼저 하고 싶은 말은 강박증은 병이라는 거야. 강박증은 너 자신이 아니야. 젤라 너의 영혼이 아니라고. 강박증과 너는 별개야."

한순간 그 말을 곱씹어 본다. 아무리 생각해도 강박증은 나의 일부다. 의례 행위들이 없는 삶을 상상하니 눈앞이 아찔해지면서 머리가 벽에 쾅 부딪히고 침대가 갑자기 솟구쳐 올라와 내 몸이 마룻바닥에 내동댕이쳐질 것만 같다. 의례 행위들이 내 삶 속으로 들어오기 전 나는 어땠을까?

기억나는 건 엄마뿐이다. 엄마와 나는 자주 껴안았다. 손을 잡고 공원에 갔다. 손은 그 시절의 기억 속에서 큰 자리를 차지하고 있다. 내가 아플 때 축축한 이마를 짚어 보던 시원한 손. 학교 연극이 끝났을 때 손이 보이지 않을 정도로 빠르게 손뼉을 치던 자랑스러운 손. 등불 아래서 숙제를 도와줄 때 내 머리 가까이 수그러져 있던 엄마의 까만 머리와 숙제 위로 움직이던 넷째 손가락에 낀 까만 오팔 반지. 내 몸을 씻겨 주고 거품이 수북이 일도록 머리에 샴푸 칠을 해 주고 부드러운 수건을 건네주던 손. 슈퍼마켓 선반에서 물건들을 골라 담고, 빳빳한 지폐를 계산대에 내밀고, 계산원이 바코드를 찍는 속도보다 더 빠르게 물건들을 비닐봉지에 담고, 자동차 열쇠에 달린 리모컨을 눌러 차 문을 여는 바쁜 손. 나를 차에 태우고 집에 가서 저녁을 먹이고 재워 주는 유능한 손.

엄마가 아팠을 때 병원에서 잡고 있던 여윈 손.

의사쌤이 이번에도 귀신같이 마음을 읽어 낸다.

"엄마가 많이 보고 싶구나, 그렇지?"

말이 나오지 않는다. 그저 내 손을 바라보면서 다른 이에게 내 손을 잡도록 허락한 것이 얼마나 오래되었는지 생각해 본다. 2년도 넘은 것 같다. 가까이 올 수 있는 사람은 오직 프랜뿐이었다. 그런데 프랜은 지금 어디 있을까?

나는 의사쌤의 주머니에 든 휴대폰을 바라보며 침을 꿀걱 삼킨다. 전화벨이 울리기를 기다린다. 전화벨은 가장 불편한 순간에 울리기 마련이다.

"내가 보기에 넌 엄마가 돌아가시고 나서 감정을 억누르다가 강박증이 생긴 것 같아."

의사쌤이 서류철을 획획 넘겨 보며 말한다. 여기 처음 온 날 헤더가 현관에서 건네준 서류철이다.

기대고 있던 하얀 벽이 나를 옥죄는 것만 같아 자세를 바꾼다.

의사쌤이 말한다.

"의례 행위를 빼먹으면 어떤 기분이 드는지 말해 주렴."

이 질문은 좀 더 쉽다.

"속이 울렁거려요. 겁에 질려 어쩔 줄 몰라요. 이상한 기분이에요. 하루가 죄 뒤죽박죽돼 버리는 것 같아요."

"의례 행위를 치르지 않으면 어떻게 될까? 예를 들어⋯⋯ 오늘 밤 뜀뛰기를 하지 않으면 다른 사람들한테 어떤 일이 일어날 것 같니?"

혹시 함정이 아닐까? 뜀뛰기를 못 하게 하면 나는 이곳을 나갈 것이다. 어디로 가든지 상관없다. 당장 고속 도로로 달려가 아무 차나 잡아타고 헤더네 집으로 갈 것이다. 헤더는 이해해 줄 것이다. 나를 받아 줄 것이다.

나는 대답한다.

"의례 행위를 빼먹으면 사랑하는 사람이 죽을지도 몰라요. 엄마가 돌아가셨잖아요. 그때도 제가 이런 의례 행위를 했다면 상황은 달라졌을 거예요."

의사쌤이 꾸밈없고 따스한 눈빛으로 바라보며 고개를 끄덕인다.

"진실로 말하는데, 그런 유형의 암은 어떤 것으로도 치료할 수 없단다. 네 엄마는 운이 몹시 나빴어. 네 탓이 아니야."

나는 그 말을 눈곱만큼도 믿지 않지만, 의사쌤이 바라는 대로 짧게 고개를 끄덕이며 웃음 짓는다. 빨리 휴대폰을 돌려받고 싶다. 어서 손을 씻고 싶다. 옷장의 옷들이 일정한 간격을 유지하게끔 다시 정리해야 한다.

의사쌤이 말한다.

"한 가지 연습할 게 있어. 조금 더러운 것과 접촉한다고 해서 나쁜 일이 일어나지는 않는다는 걸 알게 될 거야."

그러고는 세면대 쪽을 흘낏 본다.

나는 퍼뜩 알아챈다.

중대한 세균 경보다!

숨이 헉헉거리고 가슴이 두방망이질 친다.

"전…… 못해요."

의사쌤이 세면대로 가서 수도꼭지에 손을 댄다.

"내가 먼저 해 볼게."

그렇게 몇 초간 손을 대고 있다가 뗀다.

"이렇게 한다고 해서 나한테 나쁜 일은 일어나지 않아. 조시는 지금 카로와 이야기 중이야. 고양이는 채소밭에 앉아 있고. 브라이턴에 사는 우리 숙모는 가위를 들고 정원을 어슬렁거리고 있겠지만, 가위로 찔러 자살하는 일은 없을 거야. 애석하게도 말이야."

의사쌤이 오염된 손으로 무엇을 하려나 하고 경계의 눈초리를 보내던 나도 마지막 말에는 키득키득 웃고 만다.

의사쌤이 말한다.

"네 차례야. 수도꼭지를 만져 보렴. 어느 쪽이든 상관없어. 2초 동안만. 그러고 나서 1분 동안 씻고 싶은 마음을 참으렴. 시간을 잴게."

나는 침대에서 일어난다. 방 안의 공기가 부풀어 오르는 느낌이다. 나는 잡을 것 하나 없는 거대한 공간의 한복판에 서 있다. 눈앞에 크게 다가온 수도꼭지에서 물방울이 똑, 똑

하얀 세면대로 떨어지고 있다.

의사쌤이 말한다.

"해 봐. 나쁜 일은 일어나지 않을 거라고 약속하마. 난 거짓말은 안 해. 뭐…… 내 나이만 빼고."

의사쌤 말대로 한번 해 볼까 고민하다니, 나 자신도 믿기지 않는다.

"수도꼭지에 화장지를 감아도 돼요?"

어느덧 세면대 앞까지 와 있고, 수도꼭지와의 거리는 50센티미터밖에 되지 않는다.

"그럴 필요 없어. 수도꼭지가 무는 것도 아닌데."

나는 떨리는 숨을 깊이 들이마시고 그 차가운 금속을 향해 불긋불긋한 손을 내민다. 다른 사람이 만진 것을 하얀 화장지로 감싸지 않고 그냥 만지는 느낌이 어떠한지 잘 기억도 나지 않는다.

의사쌤이 말한다.

"2초만 잡고 있어 보렴."

손가락이 수도꼭지에 닿는 순간 헉하고 숨을 들이쉰다.

"하나."

온몸이 경련을 일으킨다. 눈물이 뺨을 타고 흘러내린다. 눈을 찡그린다. 손을 떼지 않기 위해 젖 먹던 힘까지 짜낸다. 세균이 살갗을 뚫고 몸속으로 밀려드는 것이 느껴진다.

내가 앙다문 잇새로 내뱉듯이 말한다.

"그만하고 싶어요."

"둘. 성공!"

다리가 풀린다. 아무것도 닿지 않도록 앞쪽으로 손을 뻗은 채 무너지듯 침대 위로 쓰러진다.

"시간이 생긴 이래 가장 긴 2초였어요."

의사쌤이 미소 짓는다.

"아니, 그냥 2초였을 뿐이야."

손을 씻어야 한다, 빨리. 사악한 검은 세균들이 손가락 끝에서 싱글거리며 겁에 질린 나를 보고 있다.

의사쌤이 찡그린 눈으로 손목시계를 보며 말한다.

"1분만 참았다가 씻으렴. 지금부터 시작."

나는 수도꼭지를 잡았던 손을 내 몸에서 되도록 멀리 떨어뜨린 채 덜덜 떨리는 팔을 다른 팔로 붙잡고 있다.

의사쌤이 말한다.

"30초 남았다."

30초가 아니라 30분 남은 게 틀림없다.

"20초."

이제 나는 세균을 들이마시게 될까 봐 숨까지 참고 있다.

폐가 아프다. 눈물이 고이고 온몸이 시뻘겋게 변하는 것이 느껴진다.

"다섯, 넷…… 셋…… 둘…… 하나, 씻고 싶으면 씻으렴."

씻고 싶으면?

나는 '오염'이라는 단어를 발음하는 속도보다 더 빠르게 세면대 앞으로 간다. 따뜻한 물이 더러운 손 위로 쏟아지자 더없이 행복하다. 비누를 잔뜩 묻혀 거품을 내고 31번 빠르게 손을 씻는다. 그러는 내내 의사쌤이 나를 관찰하며 뭔가 기록하고 있는 것이 느껴지지만 상관없다.

다 씻고 깨끗한 수건에 손을 닦은 다음 침대에 앉는다.

의사쌤이 책을 탁 덮고 동그란 안경을 벗는다.

"잘했어. 해냈구나. 수도꼭지를 만지는 일이 인류에게는 작은 한 걸음이지만, 젤라 그린에게는 거대한 한 걸음이라는 걸 난 안단다. 정말 감동적이었어."

내가 말한다.

"할 일이 더 남은 건 아니겠죠?"

온몸의 피가 다 빠져나간 기분이다. 어서 몸을 동글게 말고 자고 싶다.

의사쌤이 소리 내어 웃고는 내 휴대폰을 서랍장 위에 놓는다.

"당연히 아니지. 처음이니까 이걸로 충분해. 약도 좀 처방할 거야. 다음 상담은 다음 주 초에 있을 거야."

의사쌤은 풀 먹인 옷 냄새와 마른 장미꽃 향기를 남기고 문을 나간다.

고작 점심시간밖에 안 되었지만 나는 기진맥진 상태다. 휴대폰을 확인하고 잠시만 쉬었다가 점심 먹으러 갈 생각으로 침대에 눕는다.

하지만 딱 5초 만에 곯아떨어지고 만다.

깨어나 보니 점심시간도 지나 버리고 해도 저물어 가고 있다. 의사쌤인지 누군지 쟁반을 들고 올라와 문가에 먹을 것을 놓아두었다. 햄겨자샌드위치, 크랜베리주스 한 잔과 작고 하얀 봉투가 놓여 있다.

봉투 안에는 직접 그림을 그린 카드가 들어 있다. 만화체의 그림에는 까만 머리 여자애가 겁에 질려 휘둥그레진 눈으로 거대한 수도꼭지를 향해 손을 뻗고 있는 장면이 담겨 있다. 그 수도꼭지는 뾰족뾰족한 금속 이빨이 잔뜩 난 사악한 입을 쩍 벌린 모습이다.

재치 있는 그림이다. 풋 웃음이 나온다. 카로구나.

카드에는 '첫걸음을 내디딘 것 축하해.'라는 글과 함께 모두의 서명이 적혀 있다. 리브의 이름은 큼직하고 자신만만하게 적혀 있고 느낌표가 붙어 있다. 앨리스의 이름은 거미가 기어가는 듯한 글씨로 조그맣게 적혀 있다. 카로(Caro)는 자기 이름 o 자 안에 사팔뜨기 눈을 가진 얼굴을 그려 놓았다. 솔은 그저 '솔'이라고만 적었다. 조시와 의사쌤은 맨 아래 조금 남은 공간에 겨우 이름을 적었다.

샌드위치를 한입 베어 물고 부드러운 햄과 톡 쏘는 노란 겨자 소스의 맛을 음미한다.

침대에 앉아 무릎을 안고 카드를 지그시 바라본다.

해냈다.

화장지 없이 뭔가를 2초 동안이나 만졌다. 그래도 나쁜 일은 일어나지 않았다.

샌드위치를 다 먹고 침대에 누워 벽을 통해 들려오는 마릴린 맨슨의 으르렁거림과 울부짖음에 귀를 기울인다. 그 소리도 점점 익숙해지고 있다.

오늘 오후는 괜찮을 것 같다.

프랜이 전화만 해 준다면.

어쩌면 내일이라도.

제11장

||||||||||||||||||||||

부엌에는 라디오가 켜져 있고 앨리스가 갈색 도자기 사발 위로 몸을 숙이고 뭔가를 열심히 휘젓고 있다.

앨리스가 인사한다.

"안녕, 오늘은 카로의 생일이야."

포레스트 힐 하우스에서 지낸 지 2주가 지난 지금, 나는 서서히 일상에 익숙해지고 있다. 앨리스와 리브는 카로의 신랄한 공격을 피해 수다를 떨기 위해 가장 먼저 아침을 먹으러 내려온다. 솔은 한 30분쯤 뒤에 내려온다. 카로는 눈 밑에 커다란 그늘을 단 채 억지로 침대에서 끌려 나온다.

앨리스가 내 쪽으로 뭔가를 흔들고 있다. 케이크 반죽이 뚝뚝 떨어지는 나무 숟가락이다. 앨리스가 가냘픈 팔이 떨리도록 힘주며 나무 숟가락을 들고 있는 동안 나는 숟가락에 닿지 않도록 조심하며 반죽을 맛본다.

"진짜 맛있다."

내 말에 앨리스가 얼굴을 붉히며 머리카락 뒤로 숨은 채 계속 반죽을 젓는다.

내가 말한다.

"누가 알려 줬으면 좋았을 텐데. 카드도 준비 못 했네."

앨리스가 사발을 기울여 반죽을 둥그런 통에 따른다. 그러면서 오른쪽 머리채 뒤에서 나에게 말한다.

"의사쌤은 너한테 더 중요한 일들이 있다고 생각했는지도 몰라. 그나저나 난 케이크에 크림 입히는 걸 잘 못하는데, 네가 도와주면 카로한테 선물이 되지 않을까?"

나는 벌떡 일어나 라디오 음량을 최대로 높이고 노즐과 주사기를 찾아 부엌 서랍을 뒤진다.

카로가 눈을 비비면서 시끄럽다고 투덜대며 부엌으로 비척비척 들어올 무렵, 크림을 덕지덕지 입힌 초콜릿케이크가 식탁 한복판에 놓여졌다.

카로는 케이크를 들어 빛에 비추며 우툴두툴 서툴게 입혀진 크림을 살펴본다.

카로가 말한다.

"뭐야, 치덕치덕 발라 놨잖아?"

앨리스의 얼굴에서 웃음이 사라진다. 나는 앨리스 쪽으로 고개를 기울이며 카로한테 눈짓을 보낸다.

카로가 알아듣고 케이크를 내려놓는다.

"고마워, 앨리스. 미안. 강박증이 만든 줄 알았어. 하긴 강박증이라면 아직도 재료를 하나하나 세고 있겠지."

나는 가시 돋친 말 따위는 못 들은 척하고 빵 칼 손잡이에 화장지를 감는다.

"아침 케이크, 먹을 사람?"

카로는 정성껏 고른 선물들을 받는다. 의사쌤과 조시는 붓과 수채화용 종이와 물감이 든 미술 도구 세트를 선물했다.

카로는 얼굴을 찌푸린다.

"제가 그림 그리는 거 싫어하시는 줄 알았어요."

의사쌤이 말한다.

"카로, 넌 대단한 재능을 가졌어. 단지 어디다 선을 그어야 할지 몰라서 그렇지. 맙소사."

그 말장난에 카로가 실실거린다.

리브는 네모난 꾸러미를 건네준다. 새로 나온 슬립낫의 시디가 들어 있다.

내가 말한다.

"멋지다. 이제부터는 슬립낫 음악을 벽 너머로 들어야겠군. 좋은 선물이야, 리브."

솔도 말없이 선물을 건네준다. 까만 것이 네모지게 접혀 있다. 펼쳐 보니 마릴린 맨슨 티셔츠다.

"우아."

카로가 초록 티셔츠를 휙 벗어 던지고 죽은 사람처럼 허연 마릴린 맨슨의 얼굴이 박힌 티셔츠로 갈아입는다.

"고마워, 솔."

솔은 웃지 않고 제 손만 바라본다.

조시가 생일을 맞은 카로의 아침 식사로 스크램블드에그를 만드는 동안 카로는 카드들을 열어 본다.

내가 묻는다.

"부모님 카드도 왔어?"

모든 것이 일순간 멈춘다.

달걀을 휘젓던 조시의 숟가락도 얼어붙는다.

의사쌤도 찬장 옆에서 반쯤 열린 고양이 먹이 통조림을 든 채 그대로 굳어 버린다.

솔은 여전히 고개를 숙인 채 리브와 눈짓을 나눈다.

리브는 두 손으로 얼굴을 가리고 손가락 사이로 내다보고 있다.

앨리스는 머리카락 뒤로 숨어 버린다.

들리는 소리라고는 고양이가 조그맣게 딸꾹질하듯 재채기하는 소리뿐이다.

"저러다 털 뭉치 내놓겠다."

108

리브가 그렇게 말하며 고양이를 고양이 문으로 휘이휘이 몰아 뜰로 내보낸다.

그러자 긴장이 풀어지면서 모두들 하던 일을 다시 한다. 카로만 빼고. 카로는 카드를 펴 보다 말고 나를 바라보고 있다. 눈을 번뜩이며 턱을 치켜들고 도전적인 표정으로 똑바로 주시하고 있다.

의사쌤이 입을 연다.

"카로……, 꼭 그러지 않아도……."

카로가 말한다.

"그래요, 괜찮아요. 젤라는 모르니까요."

내가 묻는다.

"뭘 몰라?"

카로는 케이크에 입혀진 초콜릿 버터크림을 쿡 찔렀다가 손가락째 쪽쪽 빤다.

"난 부모님이랑 살지 않아. 우리 부모님은 그다지 훌륭한 분들이 아니었거든. 너만 괜찮다면 더 이상 말하고 싶지 않은데?"

카로는 케이크 한 조각을 큼직하게 잘라 먹는다. 조시가 접시에 덜어 주는 스크램블드에그에는 눈길도 주지 않는다.

리브가 말한다.

"엄마, 아빠랑 사는 애는 앨리스뿐이야. 난 할머니, 할아버지랑 살아. 솔은 아빠랑만 살고. 넌 어때, 젤라?"

질문을 받은 건 처음이다. 모든 눈이 쏠려 있는데, 굳이 진실을 숨기고 싶지도 않다.

"아빠는 갑자기 사라졌어. 단짝은 내가 여기 온 뒤로 연락 한 번 없고. 아, 그리고 엄마는 돌아가셨어."

그때까지 주머니칼을 만지작거리던 솔이 나를 뚫어질 듯이 바라본다. 차를 끓이러 가던 의사쌤이 내 어깨 위로 약 10센티미터쯤 되는 허공에 잠시 손을 올리고 있는 것이 느껴진다.

카로가 말한다.

"나는 양부모님이랑 살아. 석유를 마구 먹어 치워 환경을 파괴하는 8인용 승합차를 가진 최고 상류층 사람들이지. 그런 양부모를 가진 걸 행운으로 여겨야겠지만, 난 아니야. 이번 생일도 다른 생일들과 똑같이 아주 악취가 진동해."

그러더니 눈 깜짝할 사이에 자기 접시에 있던 케이크를 주먹으로 내리친다.

케이크 빵과 초콜릿 장식과 크림이 납작 찌그러진다.

의사쌤이 말한다.

"카로! 앨리스가 그 케이크를 만드느라 얼마나 고생했는지 아니? 어서 사과해."

카로가 사악한 미소를 번뜩이며 말한다.

"어쨌거나 난 초콜릿케이크가 싫어. 아이러니하지 않아? 거식증 환자가 케이크를 만들다니. 내가 팔을 긋는 거랑 비슷한 것 같은데?"

조시는 의자에 깊숙이 몸을 묻은 채 슬픈 표정으로 고개를 절레절레 흔든다. 접시에 담긴 스크램블드에그는 오렌지색 덩어리로 굳어 가고 있다.

의사쌤이 말한다.

"위층으로 올라가. 다른 사람들이라도 식사할 수 있게."

카로가 대꾸한다.

"가지 말라고 해도 갈 거예요. 이 패배자들!"

카로는 지나가는 길에 마릴린 맨슨 티셔츠를 벗어 솔에게 거칠게 되민다. 솔도 기분 나쁜 듯 으르렁거리더니 문을 쾅 닫고 나가 버린다.

리브가 말한다.

"역시 포레스트 힐은 오늘도 사랑과 평화가 가득하군."

우리는 울음을 꾹꾹 참고 있는 앨리스를 봐서 스크램블드에그 대신 케이크를 먹으며 정말정말 맛있는 척한다. 앨리스만 빼고. 앨리스는 작은 케이크 조각을 포크로 밀고 다니다가 포크에 묻은 부스러기를 입술에 살짝 대는 게 고작이다.

의사쌤이 말한다.

"정말이지 카로 저 녀석은 말썽쟁이라니까. 솔의 표정 봤니? 기껏 돈 모아서 티셔츠를 사 준 건데."

내가 말한다.

"제 잘못이에요. 괜히 부모님 이야기를 꺼내서."

리브가 하하 웃는다.

"그렇긴 하지만, 그게 아니라도 다른 것 때문에 폭발했을 거야. 여기 있는 우리야 다들 문제가 있긴 하지만, 카로는 유독 별것 아닌 것에도 호들갑이라니까."

리브는 무슨 문제 때문에 여기 온 걸까? 지금까지 지켜본 바로는 친절하고 활기찬 아이인데 말이다. 혹시 괜한 말을 꺼냈다가 마음 상하게 할까 봐 그냥 입을 다물고 만다.

어쨌거나 내 코도 석 자다.

11시에 상담 치료가 기다리고 있다.

계단 꼭대기에서 128번 뛰는 모습을 의사쌤에게 보이고 싶진 않아서 나는 먼저 식탁에서 일어난다.

하지만 여우를 피하려다 호랑이를 만나고 만다. 까만 항공 점퍼(미 비행사들이 입는 허리길이의 짧은 가죽점퍼 : 옮긴이)를 입은 솔이 방에서 나와 나를 뚫어지게 보고 있다.

바람둥이 경보. 이런 건 처음이다.

"아……, 미안."

나는 솔이 지나갈 수 있게 벽에 딱 붙는다. 솔이 천천히 복도를 지나간다. 생각보다 몸이 말랐고, 여기 있는 여자애들보다 키가 작다. 하지만 짙은 눈동자와 찌푸린 표정은 더없이 강렬하다.

솔이 지나가자 샤워 젤 향기와 담배 냄새가 훅 끼친다.

솔은 뒤도 돌아보지 않고 아래층으로 뛰어 내려간다.

"정신 차려."

나는 혼잣말을 중얼댄다. 뺨이 화끈거린다.

"그냥 남자애일 뿐이야. 게다가 말도 안 하잖아."

뜀뛰기를 하다 말았기 때문에 처음부터 다시 뛴다. 그런데 솔의 올리브색 피부와 감정이 풍부한 갈색 눈동자가 자꾸만 떠올라 몇 번까지 셌는지 잊어버린다.

상상 속에서 솔은 아주 드물게만 보여 주는 미소를 지으며 포위하듯 다가오고 있다. 그 경이로운 눈동자로 벽에 붙은 나를 꼼짝 못 하게 하면서.

나는 바람에 휘날리는 머리카락 끝을 잘근잘근 깨물며 여성스럽게 수줍고 은근한 눈길을 보낸다.

결국 뜀뛰기를 3번이나 다시 시작해야 했다. 다 하고 나니 부드러운 발바닥이 딱딱한 운동화 바닥에 쓸려서 아프고 숨이 헉헉 차오른다.

화장지를 감싼 손으로 난간을 붙잡고 겨우겨우 내 방으로 올라간다.

카로의 방을 지나가는데 조곤조곤하고 나직한 조시의 말소리와 이따금 끼어드는 카로의 성난 고함 소리가 들려온다. 방문은 닫혀 있고 복도에는 갈가리 찢긴 크림색 종잇조각과 작고 빨간 붓들이 부러진 채 나뒹굴고 있다. 내 방 앞에는 나무 상자가 폭풍을 만나 뒤집힌 보트처럼 널브러져 있다.

화장지로 오른손을 감싼 채 붓들과 종잇조각들을 주섬주섬 주워 상자에 담는다. 뚜껑을 딸깍 닫고 상자를 카로의 방 앞에 갖다 둔다. 그러고는 얼굴과 손에서 그날 아침의 껄끄러움을 닦아 내려고 세면대로 향한다.

의사쌤이 진료실에서 기다리고 있다.

진료실에는 세면대가 없고 흐릿한 색깔의 양탄자와 나무 가구뿐이다.

한시름 놓인다. 오늘은 그냥 이야기만 나눌지도 모른다.

의사쌤이 말한다.

"대단한 아침이었어. 그리 즐거운 생일 파티는 아니었지."

그 말의 본뜻을 설명해 주기라도 하듯 위층에서 찢어지는 듯한 분노의 외침과 쿵 소리가 들려온다.

의사쌤은 유감스러운 듯이 웃어 보인다.

"넌 잘 적응하고 있는 것 같구나. 다른 아이들도 널 좋아하는 것 같아."

내가 말한다.

"카로만 빼고요. 카로는 다 싫어해요."

카로의 손목에서 피가 뚝뚝 떨어지던 광경이 떠오르자 몸이 흠칫 떨린다.

의사쌤이 말한다.

"카로는 너희들이 생각하듯이 그렇게 화가 난 건 아니야. 어쨌거나…… 네 이야기로 돌아가자. 지난주에 수도꼭지를 만진 뒤 기분이 어땠니?"

"피곤했어요. 충격적이었고요."

"그래서 나쁜 일이 일어났니?"

곰곰이 생각해 본다. 프랜한테서는 아직도 전화가 없다. 어쩌면 전화하려는 순간 내가 내 일상을 망가뜨리며 수도꼭지를 만졌는지도 모른다. 그렇다면 그건 나쁜 일이라 할 수 있다.

의사쌤이 내 대답을 기다리고 있다. 의사쌤 머리 위로 햇살이 비치면서 입고 있는 하얀 셔츠가 더욱 하얗게 빛나는 모습이 참 보기 좋다. 작고 동그란 안경과 상냥하고 초롱초롱한 눈도 좋다. 오늘은 의사쌤을 믿어도 될 것 같은 기분이 든다.

"단짝 친구가 아직 전화하지 않았어요. 수도꼭지를 만진 것 때문에 그 애가 전화를 안 하는 건지도 몰라요."

의사쌤이 눈을 반짝이며 나에게 말한다.

"아니면 친구가 바빴거나 휴대폰을 잃어버렸거나 너한테 긴 편지를 쓰고 있는지도 모르지."

눈이 번쩍 뜨이는 기분이다. 묶여 있던 발이 풀려난 것 같다. 한순간 방 안을 날아다니는 느낌이다.

프랜은 괜찮을 수도 있다.

그리고 프랜이 괜찮다면, 아마도…….

아빠도 괜찮을 것이다.

의사쌤이 오늘 숫자 기법을 써 볼 거라고 한다. 싫어하는 일을 억지로 한 다음 기분이 어떤지 10단계로 나누어 말해 보는 것이다.

의사쌤이 말한다.

"따라오렴."

복도를 따라 터벅터벅 가다 보니 조시와 의사쌤의 방이 나온다.

어어! 방에는 욕실이 딸려 있다. *세균 경보다.*

"앉으렴."

의사쌤이 침대를 가리킨다. 침대는 완벽하게 정리되어 있다. 라비올리(이탈리아식 만두 : 옮긴이)처럼 불룩하고 빳빳하며 고풍스러운 리넨 베개들, 은은한 파스텔 색상의 이불 위에 잘 접혀 있는 하얀 시트들. 의사쌤이 자는 쪽 침대 옆에는 〈방황하는 십 대 안의 길 잃은 아이 발견하기〉, 〈정신 건강 문제 개요서 참고 문헌〉과 같은 무시무시한 제목의 책들이 쌓여 있다. 조시 쪽에도 비슷한 책들이 있지만, 〈유기농법을 이용하여 민달팽이 없애는 법〉과 〈녹색 채소를 먹자 : 자급자족 지침서〉와 같은 책들도 있다.

의사쌤이 말한다.

"지금 네가 느끼는 스트레스가 어느 정도인지 말해 보렴. 10단계로 나누었을 때."

욕실에서 지난번과 같은 일을 해야 할지도 모른다는 생각에 가슴이 두근두근 뛴다.

용기를 내어 말해 본다.

"한 8단계쯤요?"

의사쌤이 발로 욕실 문을 밀자 반들반들 닦인 바닥 타일과 반짝거리는 크롬 수도꼭지가 보인다. 의사쌤 발목의 발찌가 작은 은종들처럼 짤랑거린다.

"그리고 지금은?"

"9단계요."

의사쌤이 기록한 뒤 욕실 안으로 들어오라고 손짓한다. 나는 욕실 문 안으로 들어선다. 눈앞에 변기가 놓여 있다.

의사쌤이 변기 안을 가리킨다.

"아주 깨끗해. 도리스가 소독약으로 박박 닦아 놓는데, 오늘 아침에도 그렇게 닦아 놓았어."

나는 금방 알아챈다. 오늘은 수도꼭지가 아니다. 우리는 2루로 진루했다.

내가 말한다.

"전 만지지 않을래요. 포기하세요. 절대로 안 돼요."

내 앞에 있는 변기는 보통의 변기가 아니라 쩍 벌어진 거대한 법랑질 아가리처럼 보인다. 엄마와 콘월의 바닷가에 놀러 갔을 때 내가 종종 숨었던 동굴들만큼 커 보인다. 배관 깊은 곳에서 희미하게 꿀렁이는 소리가 들려온다. 거기에 머리카락 한 올이 떠 있는 게 눈에 보이는 듯하다.

의사쌤이 묻는다.

"10단계 중 몇 단계야?"

"11단계요. 12, 13, 14, 15 아니, 천 단계요."

나는 신성한 침실을 향해 뒷걸음질 친다.

의사쌤이 말한다.

"내가 먼저 해 볼게. 나도 깨끗하고 깔끔한 사람이라는 걸 기억해 둬. 잘 보렴."

의사쌤은 겁에 질린 채 바라보는 내 눈 앞에서 변기에 손을 푹 집어넣고는 아침 먹고 난 고양이에게 하듯이 다정하게 톡톡 토닥인다. 그리고 그 손을 나한테 내민다.

내가 말한다.

"씻으세요. 당장 씻어야 해요."

"아니, 안 씻어. 마음만 먹으면 하루 종일 이대로 지낼 수도 있어. 변기를 만졌다고 해서 나쁜 일이 일어나지는 않으니까."

나는 마음을 진정시키려고 아주 천천히 숨을 쉰다.

"후우우, 후우우."

쿵쿵거리는 가슴을 가라앉히려고 가슴에 손을 얹는다.

"됐어, 착하지. 자, 네 차례야."

내가 변기에 다가갈 수 있게 의사쌤이 뒤로 물러난다.

얼마나 스트레스가 컸는지 엉뚱하게도 머릿속에서 올림픽 중계방송이 시작된다.

여기 의례 행위의 챔피언 열네 살 젤라 그린이 처음으로 변기 만지기 경기에 도전하고 있습니다…….

변기를 향해 비틀비틀 첫걸음을 내딛는다.

중계방송이 울려 퍼진다.

지금 목표 지점을 향해 나아가고 있습니다. 안정된 접근법, 훌륭한 발놀림…….

화장지를 두르지 않은 오른손이 변기 위에서 덜덜 떨고 있다.

아나운서의 목소리가 높아진다.

새로운 세계 기록이 나올까요? 과연 젤라 그린이 용기, 아니 어리석을 만큼의 무모함을 대가로 금메달을 따게 될까요?

"들어간다!"

나는 이렇게 말하며 오른손 끝으로 선뜻한 변기 안을 슥 스치고는 감전이라도 된 듯 뒤로 펄쩍 물러난다.

해냈습니다!

아나운서가 찢어지는 소리로 외친다.

젤라 그린이 변기 만지기 경기에서 금메달을 땄습니다!

정신을 차리고 보니 나는 차가운 욕실 바닥에 널브러진 채 입을 막고 구역질하고 있고, 의사쌤은 내 몸에 손을 대지 않고서 어떻게든 일으켜 세우려고 애쓰고 있다.

"잘했어, 잘했어."

내가 결의에 찬 눈빛으로 세면대로 가려고 하자 의사쌤이 "아니, 그러지 마." 하며 막는다.

나와 의사쌤, 더러워진 내 손은 다시 침실로 돌아간다.

의사쌤이 묻는다.

"지금은 어느 정도야?"

"10단계요."

나는 냉큼 대답한다. 지금껏 살면서 이렇게 스트레스가 큰 일은 처음이다.

의사쌤이 침대 옆 서랍장을 뒤지더니 유기농 껌이 든 말랑말랑한 봉지를 꺼낸다. 그리고 초록색 풍선껌을 내밀며 묻는다.

"하나 먹을래?"

내가 왼손을 내밀자 의사쌤이 고개를 젓는다.

"오른손으로 받았으면 좋겠구나."

"하지만…… 어휴, 말도 안 돼요."

물론 의사쌤은 내가 더러운 손으로 받기를 바란다.

나는 껌 하나를 봉지에서 꺼내다가 뜨거운 감자를 집은 듯 떨어뜨리고 만다.

의사쌤이 명령한다.

"집어서 포장지를 벗겨 보렴."

분명 농담일 것이다. 그렇지 않나?

"스트레스 정도가 한계치를 벗어났어요."

나는 이렇게 말하면서도 껌을 집어 더러운 오른손으로 포장지를 벗기고는 길쭉한 잿빛 껌을 의사쌤에게 보여 준다. 이런 행동을 하고 있다는 게 믿기지 않지만 어쨌든 그러고 있다.

의사쌤이 묻는다.

"껌 좋아하니?"

"아니요."

학교 책상 밑에 붙어 있던 그 끔찍한 껌 덩어리들이 떠오르고, 교복 치마가 닿지 않게 하려고 애쓰던 것이 생각난다.

"유감이구나. 그 껌을 입에 넣고 10초 동안 씹어 주면 정말 좋겠는데 말이야."

뭐라고???

끔찍한 세균투성이 손가락으로 그 혐오스러운 껌을 만진 것도 모자라, 이제는 박하 향 나는 깨끗한 내 입에 넣으라니 세균에 감염돼 죽으라는 소리다. 세균은 살균된 신전 같은 내 몸으로 스며들어 얼토당토않은 혼란과 파멸을 가져올 게 뻔하다.

의사쌤은 씻지 않은 손으로 껌을 입에 던져 넣고 내 눈을 똑바로 바라보며 씹고 있다. 짝짝, 껌 씹는 소리에 학교 남자애들이 떠오른다.

애써 참아 보지만 나도 모르게 키득키득 웃고 만다.

의사쌤은 눈을 찡긋하고 계속 껌을 씹는다. 짝, 짝, 짝.

"에라, 모르겠다."

나는 박하 껌을 입에 넣고 눈을 질끈 감고는 힘껏 씹는다.

의사쌤이 10부터 센다. 세균의 맛이 또렷이 느껴지는 듯하다.

의사쌤이 말한다.

"해냈어."

나는 미사일을 쏘듯 쓰레기통에 껌을 퉤 뱉고 화장실로

달려가 양손을 31번씩 씻고 이가 아프도록 입을 헹구어 낸다. 그러고 나서 나와 의사쌤은 진료실로 돌아가 앉는다.

의사쌤이 묻는다.

"스트레스 수준은 어느 정도니?"

이상하게도 그다지 불쾌하지 않다. 떨리기는 하지만 생각만큼 메슥거리지는 않는다.

"한 6.5 정도요."

"좋아. 잘 기억하렴. 네가 방금 한 일 때문에 나쁜 일이 일어나진 않는다는 걸."

나는 고개를 끄덕인다.

두려움과 의례 행위들의 숨 막히는 잿빛 공기 사이로 한 줄기 희미한 희망의 빛이 새어 들고 있다.

진료실을 나가려고 막 일어나는데 누군가 문을 두드린다.

조시다.

"방해해서 미안. 젤라한테 손님이 왔어."

누구냐고 물어볼 겨를도 없이 조시는 누군가에게 방으로 들어가라는 몸짓을 한다.

굽이 높고 뾰족한 부츠에 빨간 가죽 재킷 차림, 군데군데 밝게 염색한 머리 위에 선글라스를 걸치고 애틋하면서도 환하게 웃고 있는 사람.

"헤더!"

"깜짝 선물이 왔단다."

헤더가 옆으로 물러난다. 헤더보다 작은 사람이 들어와 나를 보고 활짝 웃는다. 분홍색 원피스에 말쑥한 청 재킷을 입고, 갈색 머리를 땋아 내린 주근깨 얼굴을 가진 아이.

프랜이다!

제12장
||||||||||||||||||||||

의사쌤과 조시와 헤더는 딴에는 티 나지 않게 서로 눈을 찡긋하고 손짓 발짓을 나누더니 슬그머니 문을 닫고 진료실을 나간다.

프랜과 나만 남아서 마주 보고 있다.

나는 자꾸 웃음이 나와 입이 귀에 걸리는 것이 느껴질 정도다.

"살아 있었구나."

바보 같지만 그 말밖에 안 나온다.

프랜. 가장 친한 친구가 연분홍 원피스에 청 재킷을 입고 진료실 가운데 서 있다. 프랜의 반들거리는 땋은 머리와 들창코를 바라본다. 내 기억 속 모습보다 훨씬 더 깔끔하고 말쑥하다. 분홍색 샌들은 원피스의 진한 분홍색 꽃무늬와 어울리고, 빨간색 발톱은 흠 하나 없이 깨끗이 정리되어 있다.

내가 말한다.

"내 방으로 가자."

우리는 위층으로 올라간다. 닫힌 리브의 방문 너머로 악틱
몽키즈(영국의 록 밴드 : 옮긴이)의 노래와 드라이어가 윙윙
거리는 소리가 들려온다.

솔은 침대맡에 앉아 휴대폰에 대고 뭐라고 투덜거리고 있
다. 우리가 지나갈 때 고개를 들어 찌릿 노려보더니, 윤기가
자르르 흐르는 작은 조랑말처럼 경쾌하게 따라오는 프랜을
보고 멈칫한다.

내 안의 뭔가가 어깨를 으쓱하며 한숨을 쉬고 사라진다.

프랜과 같이 있으면 나는 보이지 않는 존재가 돼 버린다
는 사실을 잊고 있었다.

우리는 침대에 앉는다. 물론 닿지는 않지만 가까이. 프랜
은 왠지 부자연스러울 정도로 붉고 반짝이는 사과 한 봉지
를 가져왔다.

내가 말한다.

"난 환자가 아닌데. 어쨌든 고마워."

사과의 차갑고 딱딱한 느낌이 싫지만 세면대에서 흐르는
물에 사과를 씻는다.

프랜은 못마땅한 듯 찡그린 채 예쁜 샌들 속 작은 발을 찬

찬히 뜯어보며 발가락 끝에 힘을 줬다 풀었다 하고 있다.

카로가 틀어 놓은 시끄러운 음악 소리 때문에 프랜이 목소리를 높이기 위해 기운을 끌어모으는 것이 눈에 보인다. 오늘따라 음악 소리가 유난히 요란하다. 프랜이 온 것을 알고 카로가 일부러 소리를 높인 게 아닐까 싶기도 하다.

내가 말한다.

"미안. 조금 있으면 안 들리게 될 거야. 콘윌의 갈매기 떼 울음소리처럼 말이야."

프랜은 무슨 말이냐는 표정이다. 프랜의 가족은 휴가철이면 유럽의 이국적인 성에서 지내니까 잘 모르나 보다.

프랜이 말한다.

"저 소리 머리 아프지 않니?"

나는 그 노랫말들이 카로 같은 사람한테는 중요한 의미가 있다고 설명한다. 음악은 해방구이자 치료제이며 사람의 감정을 표현하는 한 가지 방법이라고 이야기한다. 하지만 프랜은 따분한 표정으로 내 방의 휑한 벽과 하얀 마룻바닥과 작은 책꽂이를 둘러보고 있다.

나는 프랜의 주의를 끌기 위해 말한다.

"그런데 2주가 넘도록 왜 문자에 답을 안 보낸 거야?"

프랜이 손목에 차고 있던 분홍색 밴드(유방암 추방용 자선 손목 밴드 : 옮긴이)를 만지작거린다. 우리 엄마 때문에 그 밴드를 찬 게 아닐까 하는 생각이 든다. 한편으로는 머릿속에서 심술궂은 목소리가 이렇게 속삭인다.

그냥 분홍색이라 차고 있는 건지도 모르지.

프랜이 중얼거리듯 말한다.

"엄마가 답장 보내지 말랬어."

프랜의 엄마가?

"너희 엄마는……, 그러니까 내…… 문제를 이해해 주시는 줄 알았는데."

뭐라고 병명을 붙이는 건 여전히 싫다.

"응, 네가 치료를 잘 받도록 기다려 주어야 한다는 거지."

프랜이 내 눈을 피하면서 자세를 고쳐 앉는다.

"새엄마는 내가 어디 있는지 아니?"

프랜은 더욱 불편한 표정이 된다.

"음, 어……, 사실 사과는 네 새엄마가 주신 거야."

사과를 막 한입 베어 물던 찰나였다. 나는 그대로 화장지에다 사과를 뱉고 쓰레기통에 던져 버린다. 새엄마는 나를 괴롭히기 위해서라면 사과 하나하나에 더러운 액체를 주사하고도 남을 사람이다. 어쩐지 사과들이 흠 하나 없이 지나치게 깨끗해 보이더라니.

벽 너머에서는 마릴린 맨슨이 나직하고 위협적인 목소리로 지옥에서 빠져나오는 기나긴 길이 어쩌고저쩌고 노래하고 있다.

단짝이 그동안 문자를 받고도 답장하지 않았고, 새엄마는
이미 내가 있는 곳을 다 알아서 언제든 내 앞에 나타날 수
있다는 소식을 듣고 뭐라고 대꾸해야 하나 고민하고 있는데,
문이 벌컥 열리면서 리브가 털털한 차림으로 쓱 들어온다.
초록색 파카는 한 팔에 걸쳤고, 끝을 빨간색으로 물들인 금
발 머리는 삐죽 치솟아 있다. 리브 뒤에는 늘 그렇듯 화창한
날씨에도 헐렁한 스웨터와 후줄근한 바지를 입은 앨리스가
서성이고 있다.

리브는 손님이 있는 것을 보고 그대로 멈춘다.

"아, 미안. 앨리스랑 시내에 갈 건데 너도 갈 건지 물어보
려고."

나는 프랜을 흘낏 본다. 프랜은 리브의 초록색 카고 바지
와 까만 민소매 옷과 발목까지 오는 캔버스화를 혐오감에
가까운 눈빛으로 바라보고 있다.

리브가 지난주 이맘때 쇼핑을 가자고 했다면 나는 공포감
에 몸서리치며 이런저런 핑계를 대고 가지 않았을 것이다.
이 순간 나는 리브의 크고 다정한 얼굴을 보며 담배와 캔버
스화와 비누가 풍기는 소박한 냄새를 들이마신다.

내 몸은 당장이라도 벌떡 일어나 재킷을 집어 들고 리브
와 앨리스를 따라 상점가에 가고 싶다. 하지만 내 입에서는

예의 바르고 분별 있는 말이 나온다.

"친구가 멀리서 와 주었거든. 그래서 여기 있는 게 낫겠어. 어쨌든 물어봐 줘서 고마워."

리브가 호탕하게 웃는다.

"공주님, 예의범절은 나무랄 데가 없군요. 정말 잘 컸어, 그건 인정할게."

"엄마가 예의범절에 관해서는 엄격하셨거든."

이렇게 말하고 나 스스로도 놀란다. 엄마가 죽은 뒤로 누가 묻지 않았는데도 엄마 이야기를 한 것은 처음이다.

리브가 문을 나선다.

"너희 엄마는 괜찮은 분이셨구나. 나랑 같이 살았던 아무 짝에도 쓸모없는 술고래보다는 훨씬 나아."

문이 딸깍 닫힌다.

몇 분 뒤 리브와 앨리스가 의사쌤한테 외출을 허락받고 신나서 바보같이 춤추며 팔짱을 낀 채 집을 나서는 모습이 보인다.

내 안의 뭔가가 아프게 뒤척인다.

나는 프랜을 돌아본다.

"학교생활은 어때?"

별로 궁금하지 않지만 그냥 물어본다.

"응, 좋아. 한데 프랑스로 여행을 가야 하는 게 너무 싫어.

브래드퍼드 남학생들이랑 같은 버스를 타고 간대. 상상이 가니?"

상상이 간다. 눈앞에 보이듯이 또렷이 그려진다. 어떻게든 관심을 얻으려고 서로 밀치며 흘끔거리는 원기 왕성한 남학생 무리 앞에서 프랜은 갈래머리를 휙 젖히며 못 본 척하고 셰익스피어책에 앙증맞은 코를 묻고 있으리라.

실은 프랜이 그 모든 관심을 즐기고 있는지도 모른다는 생각이 처음으로 든다. 아니, 그럴 리가 없다고 생각을 고쳐 먹는다.

어쨌거나 프랜은 가장 친한 친구다.

그렇게 내숭을 떠는 아이가 아니다.

그렇지 않은가?

제13장
''''''''''''''''''''''

상황은 점점 나빠지기만 한다.

프랜이 묻는다.

"언제까지 여기 있을 거야?"

우린 벌써 두 시간째 화젯거리를 찾으려고 고군분투하고 있다. 학교에서는 이런 적이 없었다. 생물 실험실 뒤쪽에서 소곤대다가 야단맞기 일쑤였다. 늘 할 말이 너무 많아서 탈이었다. 이야깃거리가 끊이질 않아서 수업 시간조차 방해물처럼 여겨졌다. 속닥거리지 않을 때는 문자를 주고받았다. 문자를 보내지 않으면 이메일을 쓰고 있었다.

그런데 지금은 공통된 화제를 찾으려고 발버둥 치고 있다. 포레스트 힐이 우리 사이에 들어온 뒤로 모든 것이 달라 보인다.

시답잖게 날씨 이야기나 하려는 순간 프랜이 말한다.

"이런 이상한 사람들이랑 여기 갇혀 있으려면 진짜 화나 겠다."

얼굴이 붉어진다. 그 아이들이 이상하다면 나도 이상한 사람이다. 우린 함께 살고 있으니까.

창밖을 힐끗 내다본다. 길 끝에서 리브와 앨리스가 두 개의 작은 점처럼 나타난다. 포레스트 힐로 돌아오는 길이다.

내가 말한다.

"이상해 보일지는 모르지만, 그저 자기 문제를 해결하기 위해 노력하는 사람들일 뿐이야. 나도 내 문제를 해결하려고 애쓰고 있고."

프랜이 말한다.

"그래, 내 말에 기분 나빠 하지 않았으면 좋겠는데, 솔직히 네 행동들은 점점 심해지고 있었어."

내 귀를 믿을 수가 없다.

"그러니까…… 버스에서도 종이를 깔고 앉고, 숟가락 포크를 따로 챙겨 다니고 말이야. 반에서 다들 수군거렸어."

"난……."

나도 모르게 눈물이 차오른다. 숨을 깊이 들이마신다.

"너는 이해해 주는 줄 알았어."

프랜이 말한다.

"사실은 아니었어. 이해해 보려고 했지만 네가 삼백만 번이나 손을 씻는 동안 화장실 앞에서 내내 기다리기 힘들었다고."

아, 이제 모든 게 드러나는구나.

그즈음 나는 침대에서 내려와 창가에 서 있다.

"허풍이 심하다. 삼백만 번까진 아니잖아."

프랜도 일어서 있다. 우리 사이의 공기는 분노와 냉랭함으로 터질 것만 같다. 옆방에서는 마릴린 맨슨이 빌어먹을 삶에 대해 포효하고 있다.

꼭 내 심정을 말하는 것 같네.

값비싼 갭 브랜드 옷을 입고 얌전한 척 상처받은 표정을 짓는 단짝을 보고 있으려니, 악이라도 쓰면서 그 옷을 갈기갈기 찢어 짓밟고 싶은 마음이 불끈 인다. 물론 신체 접촉을 할 수 없으니 그러지도 못하겠지만 말이다.

나는 지칠 대로 지쳐서 침대에 털썩 앉는다. 어쩌면 프랜 말이 맞는지도 모른다. 나는 괴짜다. 새엄마한테 쫓겨났다. 화장지 없이는 어떤 것도 만지지 못한다. 나이프와 포크도 따로 챙겨 다닌다. 발이 붓도록 몇백 번씩 뜀뛰기를 하고 피가 날 때까지 얼굴을 박박 닦는다.

의사쌤과의 상담도 덧없어진다. 파멸의 변기를 만졌더니 프랜이 나타났는데, 전과는 달리 나를 조롱하는 얄팍한 프랜이었다.

의사쌤이 다 망쳐 버렸다. 더러운 걸 만졌더니 이런 일이 일어났다. 다시 엉망진창이 되어 버렸다.

나는 프랜에게 말한다.

"넌 가 보는 게 좋겠어."

프랜의 눈이 커진다.

"나? 문제가 있는 건 내가 아니야. 널 보려고 이 멀리까지 왔다고!"

"네가 저 아프리카 봉고봉고에서 왔다 해도 가라고 할 거야."

프랜은 눈물이 그렁그렁한 채 문 쪽으로 천천히 향한다.

그 모습을 보며 침을 꿀꺽 삼킨다. 프랜도 상처를 받았지만 내가 받은 상처만큼은 아닐 것이다.

프랜이 말한다.

"넌 아주 후회하게 될 거야."

나는 쏘아붙인다.

"당장 내 방에서 나가라고 하잖아."

지난 삶의 마지막 흔적들이 산산이 부서져 사라지는 광경을 지켜본다. 그러고는 세면대로 가서 피가 배어나 거품이 분홍색이 될 정도로 얼굴을 박박 닦는다.

10분 뒤에 헤더가 나타난다.

"똑똑."

헤더는 입으로 노크 소리를 내고는 '쪽쪽' 하고 공중에 입 맞춤을 던지면서 경쾌하게 뛰어 들어온다. 너덜너덜해진 내 얼굴을 살피며 알겠다는 듯 고개를 끄덕인다.

나는 진동하는 샤넬 향수 냄새에 콜록거리며 말한다.

"그냥 들어올 거면서 왜 노크하는 시늉은 해요?"

내 행동도 카로처럼 까칠하게 변해 간다.

헤더가 말한다.

"말조심해, 꼬맹이. 편집장이 내 목을 접시에 담아 놓고 가 라고 소리 지르는 걸 뒤로하고 달려왔다고."

오늘 헤더는 딱 달라붙는 까만 가죽 바지와 빨간 가죽 재 킷, 달랑거리는 새빨간 유리 귀고리와 굽이 뾰족한 까만 부 츠 차림이다.

"에린네 집, 참 좋지 않아?"

잠시 생각해 보고 나서야 에린이 누군지 떠오른다.

"네, 좋아요."

머리가 어질어질하다. 헤더의 화사한 색깔들과 머리 아픈 향수 냄새 때문에 공기가 답답하게 느껴진다. 나는 창문을 연다.

헤더가 말한다.

"잘 적응하고 있다더구나. 네가 뭘 해냈는지 들었어. 정말 잘했다!"

나는 힘없이 웃어 보인다. 헤더를 사랑하지만, 눈부시게 화사하고 완벽한 사람들이 자꾸만 내 방을 찾는 것이 피곤해진다. 카로처럼 창가에 웅크리고 앉아, 건강하던 시절의 엄마와 엄마가 돌아가시기 전의 아빠를 생각하고 싶다.

쇼핑에서 돌아온 리브와 앨리스가 시디와 중고품 가게에서 산 물건들을 방바닥에 와르르 펼쳐 놓았으면 좋겠다. (물론 내 발치에서 멀찍이 떨어진 곳에 말이다.)

심지어 카로가 뭐 하고 있는지 가 보고 싶을 정도다. 마릴린 맨슨 음악은 그쳤고 조용하지만 카로가 아직 방에 있는 것을 알 수 있다. 벽 너머에서 귀를 기울이고 있겠지. 그렇게 생각하니 이상하게도 마음이 편해진다.

나는 헤더에게 묻는다.

"제가 여기 있는 거 정말로 새엄마가 알아요?"

칭찬할 만하게도 헤더는 프랜처럼 얼굴을 붉히거나 뭘 만지작거리진 않는다.

"응. 계속 속이기는 힘들었어. 안 그랬으면 병원으로 널 찾아갔을 테니까."

"새엄마는 뭐래요?"

헤더가 말한다.

"놀라울 정도로 금방 받아들이던데. 하지만 미리 말해 두는데, 곧 여기로 널 찾아와서 만나려고 할 거야."

창밖을 내다보고 있다가 고개를 돌려 방 안을 바라보니, 내 방 같지 않게 작고 낯설다. 내가 가고 나면 누가 이 방에 머물게 될까?

"새엄마가 날 억지로 집에 끌고 가지는 못하겠죠?"

목소리가 기어들어 속삭임처럼 나직이 떨린다.

헤더가 한숨을 쉰다.

"그 사람은 자기 맘대로 할 수 있어. 너의 유일한 법정 후견인이거든. 아빠가……."

헤더가 손으로 입을 막는다.

"뭐요? 아빠가 뭐요? 아빠가 어디 계시는지 아세요?"

헤더는 가죽 재킷의 지퍼를 올리고 환하게 웃어 보인다.

"신경 쓰지 마. 그냥 헛나온 말이야."

아빠가 너무나 보고 싶어서 토할 것만 같다.

헤더와 프랜은 금방 떠나고, 나는 의사쌤을 뒤에 두고 현관 문간에서 손을 흔들며 배웅한다. 빨간 포르셰가 떠나고 나니 오히려 후련하다.

조시가 김이 모락모락 나는 종이봉투들을 겨드랑이에 끼고 계단을 올라온다.

"생선튀김이야. 마지막으로 한 번 더 카로 생일 파티를 해 보게."

나는 위층으로 뛰어 올라가 얼굴을 31번 씻는다. 내 귀고리 가운데 가장 길고 가장 비싼 밝은 파란색 귀고리를 하고 가장 좋아하는 청 반바지와 몸에 딱 붙는 하얀 티셔츠를 입는다.

그것은 프랜의 패배를 의미한다. 프랜이 내 귀고리의 길이를 봤으면 알아차렸을 것이다. 자기가 내 삶에서 완전히 떠나간 것을 내가 기뻐하고 있음을.

나는 고개를 획 쳐든다.

귀고리가 반항적으로 반짝이며 어깨 위에서 찰랑거린다.

조시를 도와 생선튀김을 접시에 나누어 담다 보니 봉지에 붙어 있는 부드럽고 쫄깃한 튀김 부스러기를 슬쩍 먹어 보고 싶기도 하지만, 중대 세균 경보가 울릴까 봐 참는다. 리브와 앨리스가 쇼핑백을 들고 내려온다.

리브가 쇼핑백을 식탁에 내려놓으며 말한다.

"그 시장은 진짜 좋았어."

앨리스는 숫기 없이 웃고 있었는데, 광대뼈가 도드라진 뺨에 조그맣게 홍조까지 띠고 있다.

"자, 선물이에요."

리브가 말한다. 리브는 모든 사람을 챙긴다.

"두목 노릇 하는 할망구, 의사쌤 거예요."

리브는 빨간색으로 '나는 보스다'라고 또렷이 새겨진 마른 행주를 건네준다.

"이건 히피 당신 거예요."

조시한테 주는 선물은 작은 뿔이 달려 있는 까만 가죽끈이다.

"맘에 드는걸!"

조시는 그렇게 말하며 끈을 목에 걸면서 나른하고 달콤한 미소를 보여 준다.

"이건 공주님 거."

리브가 꾸러미 하나를 건넨다. 천 원짜리 저렴한 세정 제품들과 반짝이는 분홍색 마술 지팡이가 담겨 있다.

나는 지팡이를 리브한테 휘두르며 말한다.

"최고야."

리브가 솔이 가장 좋아하는 담배가 담긴 포장지를 풀면서 말한다.

"이건 '과묵한 솔'한테 주는 선물인데, 그 우울한 분위기로 이 자리를 빛내지 않아 아쉽네."

의사쌤이 말한다.

"젤라, 얼른 뛰어 올라가서 솔을 불러오지 그러니?"

의사쌤의 말에 침묵이 감돈다. 리브와 앨리스가 뭔가 암시를 담아 눈짓을 나누는 모습에 나는 얼굴이 붉어진다.

리브가 말한다.

"기꺼이 다녀올 거예요."

나는 언제나처럼 난간에 몸이 닿지 않도록 팔꿈치를 딱 붙이고 계단을 오른다. 계단 꼭대기에서 128번 뛴 다음 거울을 본다.

뜀뛰기를 해서인지, 오늘 오후에 느낀 온갖 착잡한 감정들 때문인지, 선물을 받아서인지, 아니면 먹음직스러운 냄새를 풍기는 생선튀김 때문인지 눈이 촉촉이 젖어 반짝이고 있다. 제멋대로 뻗치는 까만 머리도 말총머리로 단정히 묶어 기다랗고 파란 귀고리가 돋보이는 모습이 마음에 든다.

나는 가슴을 조금 내밀고 가장 멋진 미소를 띠며 솔의 방문을 두드린다.

대답이 없다.

다시 두드려도 대답이 없어서 "지금 방에 있니?" 하며 문을 연다.

방에서 남자아이와 남자 어른의 냄새가 섞여 난다. 운동화와 빨지 않은 이불에서 나는 시큼한 냄새 위로 샤워 젤과 방금 만 듯한 담배 냄새가 진하게 풍긴다.

벽에는 파멜라 앤더슨, 그웬 스테파니, 골드프랩과 버피 옷차림을 한 사라 미셸 겔러(미국 TV 드라마 〈뱀파이어 해결

사)의 주인공 버피 역을 맡았던 배우 : 옮긴이)의 사진이 붙어 있다.

"그러니까 화려하고 미끈한 금발 미녀를 좋아하는구나."

내 얼굴을 보니 까만 머리에 잔뜩 지쳐 있는 표정이다.

"뭐, 할 수 없지."

솔이 없는 걸 알았으니 배고프다고 아우성치는 배를 움켜쥐고 어서 바삭거리는 대구튀김이나 먹으러 가야겠다고 돌아서는 순간, 편지 봉투 하나가 눈에 들어온다.

성난 듯 굵게 휘갈겨 쓴 글씨체를 보니 솔이 쓴 것 같아 손에 화장지를 감아쥐고 편지를 집어 든다.

정말로 이상한 것은 봉투에 쓰인 이름이다.

바로 내 이름이다.

조시가 모두 식탁에 와서 앉으라고 종을 요란하게 치고 있다. 다시 뜀뛰기를 끝내고 숨을 헐떡이며 뛰어 내려가 보니 조시가 "다 식겠다." 하고 투덜거린다.

의사쌤이 묻는다.

"그래, 솔은 어디 있어? 방에 없다고는 하지 마. 오늘 특별 저녁 식사를 하는 줄 알고 있을 텐데."

나는 목소리가 떨리지 않도록 애쓰며 말한다.

"배고프면 오겠죠."

"그렇겠지. 난 포기야!"

의사쌤의 말에 조시가 검붉은 빛깔의 와인을 콸콸 따라 준다.

의사쌤은 이런저런 문제들에 더 이상 신경 쓰지 않겠다는 듯 손을 내젓고는 한숨을 푹 쉬며 잔을 감싸 쥔다.

"준비가 되면 오겠죠."

리브가 말한다. 리브는 평소보다 착 가라앉은 분위기다. 운동복 윗도리의 끈들을 땋아서 끄트머리를 빨고 있다.

"솔은 진짜 멍청이야."

카로가 말한다. 카로는 도전적인 눈빛으로 느긋이 앉아 캔 콜라를 마시고 감자튀김을 와구와구 먹고 있다. '나는 배고 파서 내려왔을 뿐이고, 내가 참석해 주다니 당신들은 행운인 줄 알아.' 하는 표정이다.

청바지 주머니에서 솔의 편지가 바스락거린다. 뭐라고 쓰여 있는지 궁금해서 좀이 쑤시지만, 김이 모락모락 나는 노릇노릇 먹음직스러운 생선튀김을 보니 배고파서 기절할 것 같다. 일단 허기부터 채우고 봐야겠다.

조시가 기름진 접시들을 치우자 모두들 앨리스가 감자튀김 다섯 개와 생선튀김 한 입을 다 먹었다고 축하해 준다. 그 사이 나는 살그머니 위층으로 올라온다.

창가에 앉아 손에 깨끗한 화장지를 감고 솔의 편지를 펴
본다. 가로등 불빛 속에서 크림색 편지지 위에 솔의 글씨가
까맣게 박혀 있다.

'젤라'가 첫마디다. '젤라에게'라든가 '멋지고 아름답고 사
랑스러운 젤라'도 아니고, 그저 젤라.

편지를 읽어 내려간다. 몇 줄 되지도 않는다. 이렇게 쓰여
있다.

젤라. 너도 엄마를 잃어서 어떤 심정인지 알아줄 것 같아 털어놓는
다. 난 아무래도 여기랑 맞지 않아서 떠나야 한 것 같아. 집에도 못
가. 아빠는 항상 소리만 질러 대기 때문에 나도 참지 못하고 아빠를
때리게 될까 봐 겁나. 그래도 난 괜찮을 거야. 조시나 의사쌤한테는
아무 말도 하지 마. 되도록 멀리 갈 때까지 시간을 벌어야 하니까. 아
마도 엑서터 쪽으로 가게 될 것 같아. 거기서 같이 지낼 사람을 구할
거야. 강박증에는 행운이 있길 빌어. 너는 이겨 낼 거야. 솔.

비록 편지지만 솔의 목소리를 들은 것은 처음이다. 그 목
소리는 분노에 차 있으면서도 겁에 질려 있다.

창문이 닫혀 있는데 어디서 비가 들어왔나 의아해하다가
내가 울고 있는 것을 깨닫는다. 소리 없이 굵은 눈물이 뚝뚝
떨어진다. 오늘 있었던 모든 일들이 내 눈에서 샘솟아 뺨을

타고 흘러내린다.

프랜의 얼굴이 느린 화면으로 다시 보인다. 상처받은 표정과 돌아서서 떠나는 뒷모습이 얼마나 작아 보였는지. 단짝으로 지냈던 그 모든 시간이 지금은 완전한 가식으로 느껴진다. 프랜은 이제야 솔직히 말한 것뿐이지 늘 나를 괴짜라 여기고 있었던 것이다.

좌절에 찬 카로의 비명이 들리고 바싹 여윈 앨리스의 불행한 얼굴이 떠오른다.

파란 이불과 포스터가 있는 솔의 텅 빈 방이 보인다.

명랑한 가면을 벗어던진 쉽게 상처받는 리브의 민낯이 보인다.

평소와 다름없이 가방을 들고 학교로 출근하는 것처럼 차에 오르던 아빠의 마지막 얼굴이 떠오른다.

새엄마가 부엌에서 바쁘게 움직이는 동안 창가에 서서 아빠가 돌아오기를 기다리던 내 모습이 떠오른다.

잠잘 시간이 다 되도록 아빠는 돌아오지 않고 째깍째깍 돌기만 하던 시계 소리가 들린다.

헤더의 자동차 소리가 들리고, 머리카락을 휘날리며 매력적인 빨간 입술로 활짝 웃는 헤더의 모습이 떠오른다.

엄마의 둥그스름하고 고운 얼굴과 항암 치료로 빠지기 전의 검은 곱슬머리가 이제는 조금 희미하게 떠오른다.

엄마 모습이 희미해져 간다. 하루하루 지나면서 엄마 모습은 조금씩 더 희미해진다. 언젠가 엄마를 아예 떠올릴 수 없을까 봐 겁이 덜컥 난다.

나는 속삭인다.

"솔, 돌아와야 해. 네가 돌아오면 귀 기울여 들어 줄게. 나는 이해해. 너희 엄마에 대해서도, 그리고 모두 다."

솔이 마당을 걸어와 현관문에 들어서는 소리가 들릴 것만 같다. 하지만 들리는 거라고는 창문 위 홈통에서 뚝뚝 떨어지는 빗물 소리뿐이다.

나는 편지를 베개 밑에 넣고 세면대 앞으로 간다.

그날 밤 의례 행위는 몇 시간이고 계속된다.

제14장

||||||||||||||||||||||

얼마 안 있어 의사쌤이 솔이 없어진 것을 알고 걱정하기 시작한다.

이튿날 아침을 먹으러 내려가 보니, 의사쌤이 경찰관과 솔을 꼭 빼닮은 왜소한 체격의 남자와 함께 식탁에 앉아 있다. 그 남자는 가죽같이 거친 갈색 피부에 금목걸이를 했고, 한쪽 귀에는 작은 금귀고리를 걸었다. 낡은 진갈색 스웨이드 재킷을 입은 남자의 수염이 까칠하게 자라 있다.

"아, 젤라구나."

의사쌤은 정신이 딴 데 가 있는 것 같다. 눈 밑에는 그늘이 졌고 머리카락도 평소보다 더 부스스하다.

"이분은 솔의 아버지 지노 씨란다. 솔이 어젯밤 들어오지 않았어."

솔의 아빠가 손을 내민다. 나는 웃으며 고개를 젓는다.

의사쌤이 설명해 준다.

"젤라는 악수하지 않는답니다."

솔의 아빠가 조그맣게 고개를 끄덕인다. "아, 그렇군요." 하는 몸짓이지만, 눈빛은 "맛이 간 십 대가 여기 또 있군." 하고 말하고 있다.

"우리 아들이 어디 있는지 아시오?"

말씨가 낯설다. 외국인 억양이 조금 섞인 런던 토박이 말씨다.

"워낙 말이 없어서 그 머리통 속에서 무슨 생각을 하는지 알 수가 없다니까."

나는 바쁘게 토스트를 만든다.

의사쌤이 말한다.

"새로 온 아이예요. 여기 온 지 한 2주 된답니다."

그때 조시가 들어와 대화의 초점이 나에게서 멀어진다.

나는 살그머니 위층으로 올라간다.

솔은 그날 나타나지 않는다. 그다음 날도. 그 뒤로 나흘이 지났다. 경찰이 두 번 왔다. 그사이 상담이 한 번 있었는데, 의사쌤의 눈빛은 멀리 다른 곳에 가 있는 듯했다. 나한테 계단에서 뛰는 횟수를 절반으로 줄이라고 말하는 동안에도 전화벨이나 초인종 소리에 귀를 곤두세웠다.

리브, 앨리스와 내 방에 앉아 있는데, 카로가 문가로 고개를 쑥 내민다.

카로가 명랑하게 결론짓는다.

"아무래도 비치헤드(영국 남부 이스트본의 하얀 절벽 : 옮긴이) 같은 데서 뛰어내린 것 같아. 어쩔 수 없지, 뭐. 이제 그 뚱한 침묵을 더 이상 참지 않아도 되네."

리브는 썩은 똥 더미에서 방금 기어 나온 민달팽이라도 보는 표정으로 카로를 바라본다.

지난 며칠 동안 리브는 웃지 않았다. 웃지 않으니까 얼굴이 더 딱딱해 보이고 남자애 같다. 예순 살이 되면 리브가 어떤 모습일지 보이는 듯하다.

리브가 말한다.

"솔은 뚱해서 말을 안 한 게 아니야. 여기서 뚱한 사람이 있다면 그건 너겠지."

카로가 말한다.

"그래, 그래. 아무래도 좋아. 네 맘대로 생각해. 그 즐겁고 아늑한 환상의 세계에서 살라고."

앨리스가 고개를 숙이고 손을 주머니에 넣은 채 허겁지겁 나가 버린다.

리브가 말한다.

"네가 무슨 짓을 했는지 좀 봐. 꼭 그래야겠어?"

카로가 냉정하게 풋 웃는다.

"그래, 나 때문에 이 집 생쥐가 겁먹었구나. 그래서 뭐? 가서 치즈 따위나 눈곱만큼 갉아 먹겠지."

그러고는 문을 쾅 닫고 나가 버린다.

리브는 내 옆 창가 자리에 앉아 고개를 젓는다.

"조용하구나, 공주님. 카로가 하는 말은 신경 쓰지 마. 자기가 관심 밖으로 밀려나니까 괜히 심통 부리는 거야."

리브의 잿빛 눈을 바라보는데, 내 주머니 속에서 솔의 편지가 바스락대는 것이 느껴진다.

내가 묻는다.

"왜 솔은 말을 못하는 거야?"

헐렁한 잿빛 카고 바지를 입은 리브는 두 발을 창가 자리로 올리고 무릎을 끌어안는다. 리브의 손이 바르르 떨리고 손톱을 바짝 물어뜯어 불그스름한 속살이 아프게 드러나 있는 것이 처음으로 내 눈에 들어온다.

리브가 말한다.

"말할 수 있어. 다만 정말로 안전하다고 느끼는 사람하고 있을 때만 말을 하지."

"너나 의사쌤한테는 말한 적 있어?"

말을 하지 않는다니 상상도 할 수 없다. 말은 원하지 않아도 그냥 입에서 튀어나오기 마련인데.

"아니. 목소리 들어 본 적이 없어. 한 번도."

솔이 말 한마디 하지 않고 고속 도로를 따라 히치하이크 하는 광경을 상상해 본다. 말하지 않고 어떻게 엑서터에서 기차표를 사고 호스텔에서 방을 구할까? 아무것도 먹지도 마시지도 못한 채 어느 공원 벤치에서 그 작은 몸을 웅크리고 있을 것을 상상하니 가슴이 욱신거린다. 창문을 열고 공기를 깊이 들이마신다.

리브가 말한다.

"정말 괜찮니? 너 좀 이상하다."

"괜찮아."

리브가 방을 나가려는 순간 나도 모르게 불쑥 "리브." 하고 부른다. 곧이어 폭포수처럼 말이 횡설수설 쏟아져 나온다.

"솔이 어디로 갔는지 알고는 있는데, 아무한테도 말하지 말라고 했는데, 누군가에게 말해야 하는데 시기를 놓쳐 버린 것 같아서. 곤란한 상황인데……."

리브가 그만하라고 손짓한다.

"솔이 어디로 갔는지 알면 의사쌤한테 알려 드려야지. 지금 당장. 의사쌤은 걱정되어서 미칠 지경이라고."

나는 불안하고 울렁대는 가슴을 안고 리브를 따라나선다.

계단 위에서 걸음을 멈추고 뜀뛰기를 시작하자 리브가 다그친다.

"제발, 나중에 해도 되잖아."

나는 초인적인 노력으로 꾹 참고 부엌으로 내려간다. 마무리 지으려면 나중에 98번을 더 뛰어야 한다고 머릿속에 기억해 두면서.

의사쌤은 얼굴을 찌푸린 채 뒤뜰을 내다보며 식물에 물을 주고 있다. 경찰관이 조시와 솔의 아빠와 함께 식탁에 앉아 있다. 식탁에는 솔의 사진이 놓여 있다. 짙은 눈동자와 올리브색 피부를 마주하자 가슴이 철렁 내려앉는다.

리브가 다짜고짜 말한다.

"젤라가 할 말이 있대요."

그러고는 나한테 손짓한다.

지노 씨의 흐릿하고 지친 눈이 나를 빤히 바라보고 있다. 조시는 졸린 눈으로 나를 보고 있다. 의사쌤은 빨간 플라스틱 물뿌리개를 든 채 개수대에서 휙 돌아본다.

리브가 낮게 말한다.

"빨리 말씀드려."

경찰관이 손가락에 침을 바르고 깨끗한 면을 찾아 메모장을 넘긴다.

나는 작은 소리로 말한다.

"솔이 저한테 편지를 남겼어요."

그러고는 나한테 쏟아질 질문들을 피하고 싶어 두 손으로 얼굴을 가린다.

순식간에 많은 일들이 일어난다. 지노 씨가 내 손에서 편지를 휙 빼앗아 든다. 남의 손이 닿자 두려움에 속이 울렁거리지만 의사쌤이 개수대 앞에 있어 씻으러 가지도 못한다.

경찰관은 지노 씨의 어깨 너머로 편지를 훑어보고는 무전기에 대고 급하게 명령을 내리면서 경찰차로 간다.

지노 씨는 의사쌤과 조시와 악수를 나누고는 재킷을 집어 들고 경찰관을 따라간다.

나는 식탁 옆에 서서 운다. 내 눈물이 뺨을 타고 은색 슬리퍼 위로 뚝뚝 떨어진다.

의사쌤이 앉으라고 손짓한다.

"처음부터 우리한테 알렸어야지."

안경 뒤의 의사쌤 얼굴이 차갑고 엄격하다.

"그렇게 분별없는 아이인 줄 몰랐다, 젤라."

"그렇지 않아요."

나는 콧물을 홀쩍 들이마시며 콧물이 떨어져 옷이 더러워질까 봐 화장지를 찾아 바지 주머니를 뒤진다.

"여기 있단다, 얘야."

조시가 화장지를 던져 준다.

그 배려에 눈물이 더 쏟아진다.

조시가 의사쌤에게 말한다.

"너무 심하게 다그치지 마요. 솔이 말하지 말라고 했다잖소. 충실한 아이들이 어떤지 당신도 잘 알잖아요."

의사쌤은 말없이 고개를 끄덕이며 장식이 달린 팔찌를 만지작거린다. 그러고는 한결 누그러진 눈빛으로 나를 다시 바라본다.

"그래, 어쨌든 알려 주기는 했으니까. 경찰이 이제 솔을 찾아낼 거야."

리브가 내 방 앞에서 기다리고 있다.

"넌 옳은 일을 한 거야."

리브는 아래층 자기 방으로 내려간다. 우리한테서 떨어져 혼자 처박혀 있는 시간이 점점 늘고 있다. 리브의 방에서 악틱 몽키즈의 음악이 요란하게 울려 대는 것을 들어 본 지가 까마득한 것 같다.

뭔가에 사로잡힌 듯한 솔의 어두운 눈과 슬픈 편지가 생각난다. 몸이 부르르 떨린다. 솔이 경찰 손에 끌려 돌아오면 날 죽이려 들 것이다.

멀어져 가는 리브의 등에 대고 말한다.

"정말 잘한 일이길 바라. 정말, 정말로."

그날 저녁 이상한 일이 일어난다.

뜀뛰기를 마저 하지 않은 것이다.

맨 꼭대기 계단을 지나면서 잠시 머뭇거린다.

다음 순간 계속 걸어서 내 방까지 간다.

뭔가 크고 묵직한 것이 빠진 듯한 느낌, 속이 울렁거리고 붕 떠 있는 느낌이다. 대신 손과 얼굴을 씻는다.

시계가 어느덧 10시 30분을 가리키는데도 나는 계속 손과 얼굴을 씻고 있다. 그때 아래층 현관문이 철컥 열리는 소리가 들린다.

의사쌤이 복도에서 누군가에게 이야기하고 있다. 의사쌤의 목소리가 화난 듯 높아지더니 이내 낮아지면서 위로하듯 속삭인다. 다시 철컥 소리가 나고 창문 너머로 경찰관이 모자를 벗고 느긋하게 마당을 나서는 모습이 보인다.

나는 순간 깨닫는다.

솔을 찾은 것이다.

앨리스가 아래층으로 뛰어 내려가고 리브의 발걸음이 뒤따르는 소리가 난다. 카로는 자기 방에 있다. 음악 소리가 조금 높아진다.

나는 방문을 바라보며 침대 위에 뿌리박힌 듯 앉아 있다. 언제라도 문이 열리고 솔이 뛰어 들어와 눈을 번뜩이며 팔을 마구 휘둘러 댈지도 모른다.

기다린다.

시계가 재깍거리며 11시를 지난다.

조금 더 기다린다.

침대 위에 눕기로 한다. 편안하게 있다가 죽음을 맞이하는 것이 나을 것 같다. 어느 순간 무명의 보이지 않는 존재가 나를 잠에서 끌어낸다.

손을 뻗어 불을 켠다.

침대 발치에서 솔이 나를 노려보고 있다.

제15장
||||||||||||||||||||

솔은 몰골이 말이 아니다.

입고 있는 항공 점퍼에는 진흙이 잔뜩 튀어 있고 청바지 무릎에는 구멍이 커다랗게 나 있다. 얼굴은 헬쑥하고 코 밑과 턱에 거뭇거뭇 수염이 자라 있다.

나는 바보처럼 말한다.

"아, 돌아왔구나."

분홍색 잠옷 앞자락을 여미며 힘들게 몸을 일으킨다. 거울을 보니 머리가 한쪽은 납작 눌려 있고 다른 쪽은 볼썽사납게 비쭉 솟아 있다.

솔은 말이 없다. 그저 나를 바라보고만 있다. 표정을 읽을 수가 없다. 분노하고 있지는 않지만 웃고 있지도 않다.

내가 입을 연다.

"정말 미안해. 말할 수밖에 없었어. 다들 너 때문에 애태우고 있었거든. 네 아버지는⋯⋯."

아버지라는 말이 나온 순간 솔이 일어나 창문으로 걸어간다. 나한테 등을 돌린 채 창틀을 꽉 그러쥐고 선다. 솔의 어깨가 잔뜩 긴장해 있다.

솔이 몸을 돌려 호주머니를 뒤져서 종이쪽지와 펜을 꺼낸다. 뭔가를 휘갈겨 건네준다. 내가 받지 못하자 침대 위에 쪽지를 놓아둔다.

너는 믿을 만한 사람인 줄 알았어. 이해해 줄 줄 알았어. 너도 엄마를 잃었잖아!

솔이 문으로 가고 있다. 그렇게 보낼 수는 없다.

"야, 난 이해해."

아직 잠기운이 가시지 않아서 나직하고 딱딱한 목소리가 나온다.

솔이 종이를 낚아채서 뒷면에 뭐라고 덧붙인다.

우리 아빠랑 사는 게 어떤 건지 넌 몰라.

솔과 닮은 눈을 가진 지노 씨와 금귀고리가 생각난다.

"정말로 걱정하고 계셨어. 날마다 여기 찾아와서 이것저것 물으셨어."

이 말에 솔이 웃는다. 어깨가 위로 쑥 올라갔다가 내려가고 입이 벌어졌다 닫히는, 소리 없는 웃음이다.

솔이 침대 옆 탁자에 있던 내 일기장을 집어 빈 종이를 뜯어낸다.

"야."

나는 항의하지만 소리를 높이지는 못한다. 솔의 눈빛을 보니 심기를 건드리면 안 될 것 같다.

솔이 종이를 건넨다. 나는 화장지를 손에 감아 손끝으로 종이를 받아 들고 불빛 아래로 가져간다.

아빠가 엄마나 날 걱정하는지 말해 줄게. 바로 내 눈앞에서 엄마를 죽일 정도지. 그 정도라고.

솔은 털썩 주저앉아 머리를 감싼 채 부들부들 떨기 시작한다.

자정을 넘긴 시간에 나는 얇은 잠옷 차림으로 수건 한 장 깔지 않은 차디찬 마룻바닥에 앉아 있다. 솔과 몸이 닿지는 않지만 되도록 가까이 앉아 있다.

솔을 만지고 싶다. 머릿속에서 또 다른 내가 보인다. 통통한 뺨과 납작한 가슴, 자다 일어나 머리가 눌린 그런 젤라가 아니다. 이 젤라는 키도, 가슴도 더 크고, 사랑스럽고 반지르르한 검은 머리카락을 가졌으며 아름답다. 이 젤라가 안아 주자 솔이 머리를 어깨에 기댄다. 솔의 딱딱하고 마른 몸에서 따스한 온기가 느껴진다…….

과연 그런 일이 일어날 수나 있을까?

셀 수 없이 많은 종잇조각들이 발치에 흩어져 있다. 그 종 잇조각에 솔의 인생 이야기가 담겨 있다.

솔의 부모님은 런던에서 이탈리아 식당을 운영했는데, 접 시들을 던지며 소리소리 지르고 싸웠지만, 그래도 행복했다 고 한다.

솔의 아빠는 자동차를 무척 좋아해서 2년 동안 돈을 모아 스포츠카를 샀고, 일요일 오후면 보닛에 얼굴이 비칠 정도로 깨끗이 세차하고 차를 반질반질 닦았다고 한다.

늘 그렇듯 소리 지르며 싸우고 난 뒤 아빠는 동네나 한 바 퀴 돌며 마음을 가라앉힐 요량으로 자동차에 타 후진 기어 를 넣었다고 한다.

비명 소리가 나고 무언가 자동차 뒷부분에 쿵 부딪히는 소리가 나더니 한순간 끔찍한 정적이 흘렀다. 곧이어 아빠가 엄마의 이름을 부르면서 차에서 내려 뛰어갔다고 했다.

당시 열 살이었던 솔은 현관 계단에서 이 모든 광경을 지 켜보았다.

솔의 엄마는 고개를 축 늘어뜨린 채 아빠 품에 안겨 있었 다. 아빠가 통곡하고 울부짖는 소리가 귀에 울렸다. 당황하 고 겁에 질려 999(영국에서 긴급 상황이 발생했을 때 누르는 번호 : 옮긴이)에 전화를 걸고 구급차를 기다리는 광경을 목 격했다.

시신이 초록색 시트에 덮여 옮겨졌다.

솔은 이렇게 썼다.

엄마의 얼굴은 가려져 있었어. 그날 이후로 엄마를 두 번 다시 보지 못했어. 그날부터 나는 목소리를 잃었지.

새벽빛이 조금씩 새어 들어온다. 밤을 꼬박 새운 것이다.

나는 솔에게 아빠에 대한 추억을 몇 가지 들려주고 있다.

"우리는 '아빠와 딸의 날'을 갖고는 했어. 가장 즐거웠던 때는 내가 여덟 살 때 자연사 박물관에 함께 가서 북극곰 박제를 본 거였어. 그런 다음 카페에 가서 아주 높은 의자에 앉아 분홍색 크레스타 한 병을 빨대로 마셨지."

여기서 잠시 말을 멈춘다. 세균 경보나 오염 경보도 떠오르지 않고 빨대로 음료수를 마시던 때가 있었구나 싶다.

솔이 일기장에서 종이를 한 장 더 찢어 이렇게 쓴다.

아빠와 딸의 날은 언제까지 했어?

그건 잘 알고 있다.

"엄마가 돌아가시기 전까지. 엄마가 돌아가시고 나서 그런 시간이 더욱 필요했는데 말이야."

나는 솔에게 엄마 이야기를 들려준다. 엄마가 머리카락이 빠지고, 얼굴이 누렇게 뜨고, 퉁퉁 붓고, 온몸이 앙상하게 말라 가고, 아빠가 술을 점점 더 많이 마시게 된 이야기. 프랜과 사이가 틀어진 이야기, 내가 생각했던 것과 달라 프랜에게 실망한 이야기도 들려준다. 말이 봇물 터지듯 쏟아져 나온다. 솔이 글을 쓰지 않는 한 내 말에 끼어들 수 없기 때문에 더욱 막힘없이 털어놓을 수 있었다. 어쨌거나 솔은 이야기를 잘 들어 준다.

희미한 햇살이 들어와 마룻바닥을 비출 무렵 의사쌤이 아래층으로 내려가 주전자에 물을 따르는 소리가 들린다.

솔이 비틀거리며 몸을 일으킨다. 땀과 담배와 퀴퀴한 옷 냄새가 훅 풍긴다.

다음 순간 나는 정말로 기이한 일을 한다. 몇 년 동안이나 하지 않았던 일을.

손을 내밀어 한순간 솔의 손을 잡는다. 내 손에 차갑고 매끈하고 탄력 있는 피부가 느껴진다.

나는 솔의 손을 놓으며 말한다.

"넌 괜찮을 거야."

구겨진 종잇조각들을 헤치며 걸어가 차갑게 식은 이불 속으로 다시 뛰어든다. 어느덧 아침 6시, 두 시간 뒤에는 일어나 의례 행위를 시작해야 한다.

솔은 고개를 끄덕이고 하품하며 문 쪽으로 걸어간다.

문을 열기 바로 전에 걸음을 멈춘다. 솔이 벌써 반쯤 잠든 나를 돌아보더니 싱긋 웃는다.

"이봐, 젤라."

낮고 걸걸한 목소리다.

나는 혼이 나갈 만큼 놀란다.

"고마워."

제16장
||||||||||||||||||

그날 밤 이후로 나와 솔은 잘 지낸다.

솔은 여전히 남들 앞에서는 입을 다물지만 계단에서 둘이 만나면 찡그린 듯한 미소를 지으며 짧게 "안녕." 하고 인사한다. 묻지도 않고 아이팟을 빌려주고 내가 상담을 끝내고 나면 꼭 내 방에 들러 괜찮은지 물어봐 준다.

좋아진 것은 솔만이 아니다. 솔이 돌아온 뒤 일요일에 앨리스가 시리얼을 작은 사발로 한 그릇 먹고도 토하지 않아서 다들 뛸 듯이 기뻐한다. 앨리스는 그 상으로 저녁에 뮤즐리(곡식, 견과류, 말린 과일 등을 섞은 것 : 옮긴이)를 먹기로 했는데, 조시의 격려를 받으며 얼굴이 붉어지도록 애쓰면서 그것까지 다 먹어 낸다.

리브는 여전히 자기 방에 틀어박혀 있다. 리브의 웃음이 그리워서 의사쌤에게 무슨 일이 있느냐고 물어보지만 그저

"리브는 몇 가지 문제들을 극복해 나가는 중이야."라는 대답만 돌아온다. 여기서는 웬만한 물음에 다 통하는 대답이다.

카로는 그 어느 때보다도 팩팩거리지만 웬일인지 주말에 내 머리를 잘라 주겠다고 한다. 곱슬곱슬한 앞머리가 너무 길어서 꽃 모양 핀을 꽂고 있었던 것이다. 사실 그 모습은 빈말로라도 예쁘다고 할 수 없다. 넓은 이마가 드러나 까만 머리와 대비되어 얼굴이 더 창백하게 보인다.

못 미더워하는 내 표정을 보고 의사쌤이 말한다.

"카로는 솜씨가 좋아. 정말로. 몇 살은 어려 보이게 해 줄걸. 너야 이제 열네 살이니 굳이 어려 보일 필요는 없겠지만."

카로가 말한다.

"가만히 앉아 있어, 알았지?"

나는 카로의 방에 올라와 방 한가운데 의자를 놓고 앉는다. 카로는 깨끗한 초록색 수건을 내 어깨에 두른 다음 건조하고 갈라진 머리카락을 싹둑싹둑 잘라 낸다.

나는 카로에게 가위를 소독약에 담그게 하고 가윗날에 먼지 한 톨 묻지 않았는지 백 번쯤은 확인했다.

"야, 강박증, 너 때문에 미치겠다."

카로가 차가운 액체를 내 머리에 뿌리고 머리를 빗겨 주며 투덜거린다. 복숭아와 블랙커런트 열매 향기가 난다.

까만 곱슬머리가 어깨를 툭 치고 떨어져 쪼글쪼글해진 민달팽이처럼 바닥에 놓인다.

"신경 쓰지 마. 나중에 다 치울 테니까."

카로가 내 표정을 읽고 말한다. 카로는 뒤쪽에서 허리를 구부리고 입술을 깨문 채 머리카락이 어깨 위로 반듯하게 내려오도록 다듬는 데 집중하고 있다.

"됐어, 이제 층을 낼 거야."

카로가 앞쪽으로 돌아와 가위 끝을 이용해 내 얼굴형에 맞게 머리카락을 자른다. 머리카락이 까만 솜털 가닥처럼 얼굴에 달라붙는다. 카로의 옷소매가 뒤로 젖혀질 때 보니 팔에 딱지가 앉고 있다.

"머리 자르는 건 어디서 배웠어?"

카로가 미용실에서 일하는 모습을 상상해 본다. 도저히 상상이 안 간다. 카로는 커피에 침을 뱉고 고객들 사이에 악의적인 소문을 퍼뜨리는 것도 모자라 번쩍거리는 미용실 잡지에 나오는 오렌지색 피부를 가진 명사들까지 헐뜯을 것이다.

또 달리 보면 미용사에 딱 맞을지도 모르겠다.

카로가 말한다.

"엄마가 미용사였어."

채소 가게에서 "3파운드 50펜스입니다." 하고 말하듯이 아무런 감정이 실리지 않은 짤막한 대답이다. 그 이야기는 더 하고 싶지 않은 것 같아서 나는 손을 깔고 앉은 채 바닥에 쌓인 머리카락 더미가 발에 닿지 않도록 신경 쓴다.

카로가 머리를 다 자르고 헤어스프레이를 찾아 두리번거린다.

"리브한테 빌려 와야겠다. 금방 올게."

나는 발을 까닥거리다가 심심해서 주위를 둘러본다.

카로의 방은 여느 십 대 소녀들의 방과 다를 바 없다. 시디가 여기저기 쌓여 있고, 화장대에는 화장 솔과 화장품이 가득하고, 침대 위에는 옷들이 아무렇게나 걸쳐져 있고, 뚜껑이 열린 담뱃갑에서는 마른 갈색 벌레처럼 보이는 가루들이 흘러나와 있다.

스프레이를 빌려 오는 데 몇 년은 걸리는 것 같다.

나는 일어나 방 안을 돌아다닌다. 괜히 몸을 구부려 침대 밑을 들여다본다. 이불을 들추고 아래를 뚫어지게 살펴본다.

갈색 상자가 있다.

카로가 위층으로 올라오는 발소리가 들리는지 잠깐 귀를 기울이고는 상자를 살그머니 꺼내 열어 본다.

상자 안에 카로의 스케치북이 들어 있다.

표지가 푸른색인 커다란 스케치북이다. 문에 귀를 댄 채 화장지를 손에 감고 스케치북을 아무 데나 휙 펼친다.

순간 눈이 튀어나오는 줄 알았다.

그림이 온통 붉은색이다. 드레스를 입은 긴 머리 소녀가 눈물을 흘리며 기도하듯 손을 모아 쥔 채 침대 발치에 웅크리고 앉아 있다. 침대 위에는 한 남자가 유인원처럼 가슴을 치며 서 있다. 만화체로 상반신은 거대하게 부풀려 그렸고 다리는 몸을 지탱하기 힘들 만큼 작게 그렸다.

아래쪽에 분노에 찬 삐죽삐죽한 글씨로 그림 제목을 써 놓았다.

하늘에 계시지 않은 우리 아버지.

아직도 충격으로 마음이 어지러운데 카로가 위층으로 올라오는 소리가 들린다. 얼른 스케치북을 도로 넣고 상자를 닫아 침대 밑에 넣고 잽싸게 의자에 앉아 손톱을 들여다보는 척한다.

카로가 하얗고 끈적거리는 화장품병을 가져온다. 내가 싫다고 하는데도 아랑곳 않고 내용물을 손바닥에 짜서 머리를 매만진다.

"깨끗하다고. 정말이야, 강박증. 진짜 미치겠네."

카로가 손거울을 들어 앞에 대 준다.

나는 놀랍고 기뻐서 꺅 소리를 지른다.

푸딩처럼 통통한 얼굴과 까만 곱슬머리를 가진 젤라 그린은 이제 여기 없다.

새로운 젤라가 나를 보고 눈을 깜박인다. 새로운 젤라는 달걀형 얼굴에 기분 좋은 미소를 띠고 있다. 반지르르하게 윤기 흐르는 머리카락이 얼굴을 감싸듯 완만한 층을 이루며 어깨 위로 드리워져 있다.

거울에서 눈을 떼지 않고 고개를 좌우로 흔들어 본다.

카로는 무심한 표정을 지으려 애쓰지만 만족스러운 웃음이 입가에 잠시 머문다.

"봤지? 솜씨가 나쁘진 않다니까."

방금 전에 본 그림이 떠오르면서 카로가 나쁘다면 그건 뭔가 끔찍한 일을 겪었기 때문임을 깨닫는다.

나는 손을 뻗어 카로의 상처투성이 팔을 어루만지고 싶다. 그렇게 하는 대신 귀에 달고 있던 하트 장식이 달랑거리는 귀고리를 끌러 카로에게 준다. 카로가 그 귀고리들을 눈여겨 보는 걸 본 적이 있다. 엄마가 아프기 전에 나한테 준 거라서 더없이 소중한 물건이다. 하지만 내가 그 귀고리로 좋은 일을 하면 엄마도 기뻐할 것이다.

"머리 자른 값이야."

카로가 자기 손바닥에 놓인 자그마한 은빛 하트 귀고리를 내려다본다. 귀고리를 꼭 쥔 채 입술이 안 보이도록 입을 앙 다문다.

뭔가 말하려는 것 같더니 눈물이 그렁그렁해지자 일부러 부산하게 머리카락을 쓸고 수건을 갠다.

나는 모른 척한다.

카로 생각을 하며 침대에 앉아 있는데, 의사쌤이 상담 때문에 나를 찾으러 올라온다.

"그래, 무슨 일 있니? 몹시 지쳐 보이는구나. 그건 그렇고, 머리 예쁘네. 얼굴을 물결치듯 감싼 게 보기 좋아. 도로시 라무어(1940~50년대 활동한 할리우드 배우 : 옮긴이) 같구나."

도로시 라무어가 누군지 모른다. 이전에 내 방을 쓰던 여자애인가 싶다.

나는 솔직하게 말한다.

"카로의 그림을 봤어요."

의사쌤은 걱정스러운 표정이다.

"그럼 왜 카로가 분노에 차 있는지 알겠구나. 안 보는 게 좋았을 텐데. 네 문제가 나아지는 데 방해가 될지도 몰라."

나는 그런 일은 없을 거라고 말한다. 아까 본 그림이 머릿속을 맴돌기는 하지만, 이제는 정말로 의례 행위에서 벗어나고 싶다. 이미 뛰는 횟수를 절반으로 줄이고 방 안의 모든 전자 제품을 확인하는 일도 멈추었다.

하지만 아직도 화장지 없이는 아무것도 만질 수가 없다. 씻고 박박 닦는 의례 행위도 여전히 하고 있다.

오늘 의사쌤은 그 문제를 다루고 싶어 한다.

자기가 보는 앞에서 씻는 의례 행위를 해 보라고 한다.

누가 지켜본다고 생각하니 너무나 신경이 쓰인다. 비누를 집어 31번을 세며 오른손을 씻고 왼손을 씻는다. 마지막으로 얼굴을 씻는다.

"어떻게 해서 31번씩 씻게 되었니?"

의사쌤이 의자에 기대앉아서 안경 위로 나를 응시하며 묻는다.

"그야, 엄마가 서른한 살에 돌아가셨거든요."

"아, 그렇구나. 음, 그럼 다른 숫자를 골라 보자. 다음 생일 때 네 나이면 좋겠다."

의사쌤 말에 나는 왼손을 15번, 오른손을 15번 씻는다. 시간이 훨씬 줄어든다.

"스트레스 정도는 10까지 봤을 때 어느 정도니?"

나는 수건에 손을 닦고 꼼꼼히 살펴본다. 손은 충분히 깨끗해 보인다.

"5 정도요?"

의사쌤이 기쁜 표정으로 뭔가 공책에 적어 넣는다.

"이번 주 숙제야. 씻을 때 한 손을 15번씩만 씻기."

"네, 의사쌤."

의사쌤이 장난으로 머리를 탁 치려다가 내 상황을 기억해 내고 얼굴 앞에서 손만 살랑살랑 흔든다.

의사쌤이 방을 나갈 때 조시가 갈색 소포를 가지고 들어온다.

"너한테 온 거란다."

이렇게 말하며 침대 위에 올려놓고 간다.

나는 화장지를 손에 말고 포장지를 뜯는다. 까만 초콜릿 상자에 빨간 하트 모양 카드가 달려 있다.

한순간 가슴이 두근거린다. 아빠?

초콜릿들이 반지르르 윤기가 흐른다. 동글동글한 까만 초콜릿 위쪽에 작은 보랏빛 수정이 박혀 있다. 하나를 골라 입 안에 넣는다.

그런 다음 카드를 펴 본다.

곧 만나러 갈게, 내 사랑.

눈에 익은 글씨다.

눈치챘어야 했다. 아빠는 크리스마스 때만 초콜릿 선물을 해 주었고, 그것도 리본이 달린 화려한 초콜릿이 아니었다.

이제야 상황이 좀 나아지려나 싶었는데.

나는 세면대로 달려가 녹은 갈색 덩어리를 뱉어 낸다. 그러고는 이를 31번 닦는다. 더럽고 불쾌한 초콜릿 맛을 지우려고 미친 사람처럼 이를 닦는 동안 시난 일들이 기묘한 영상으로 눈앞을 스쳐 지나간다.

나를 억지로 헤더의 차에 밀어 넣던 새엄마의 얼굴이 생각난다.

웃지도 않고 차가 떠날 때 손도 흔들지 않던 모습.

기이한 악몽과도 같던, 아빠 없이 단둘이 살았던 시간들. 날마다 그럭저럭 생활은 하고 있지만 대체 우리한테 무슨 공통점이 있을까 생각하던 시절.

우리가 가진 공통점은 아빠뿐이었다.

맛이 고약한 구강 세정제를 한입 물고 입안을 헹군다.

그런 다음 있는 힘껏 뱉어 버린다.

점심시간을 알리는 종을 쳐도 리브가 내려오지 않아서 조시가 올라간다.

의사쌤이 말한다.

"레몬머랭을 놓치면 리브가 화낼걸."

위층에서 고함 소리가 나더니 조시가 머리카락과 수염을 휘날리며 뛰어 내려와 외투와 자동차 열쇠를 집는다. 조시가 그렇게 급하게 움직이는 것은 처음 본다.

"걱정 말고 그냥 식사해."

조시는 어깨 너머로 나에게 말하고 나간다.

"젤라, 네가 식사를 좀 맡아 줘."

얼굴이 하얗게 질린 의사쌤이 나에게 당부하며 외투와 가방을 집어 들고 조시를 따라 복도로 나간다.

조시가 리브를 부축하고 아래층으로 내려온다. 리브의 얼굴은 보이지 않지만 뭔가 횡설수설 중얼거리고 있고 똑바로 걷지도 못하는 것 같다.

조시의 낡은 자동차가 리브를 태우고 끼익 소리를 내며 멀어져 가는 광경을 창문으로 지켜본다.

나는 나머지 아이들과 식탁에 말없이 앉는다.

카로가 담배를 말면서 말한다.

"맙소사."

늘 그렇듯 가시 돋친 말이 뒤따르겠지.

하지만 이번에는 카로도 말이 없다.

저녁 식사 후 의사쌤과 조시가 리브를 데리고 돌아온다. 의사쌤이 당부한 터라 나는 어떻게든 먹을 것을 만들어 냈다. 결국 다들 시커멓게 탄 토스트에 덩어리진 콩을 먹게 되었지만 누구도 불평 한마디 없다.

의사쌤과 조시가 리브를 곧장 방에 데려다주고 오자, 나는 점심때 남은 레몬머랭을 가져다줘도 되느냐고 물어본다.

조시와 의사쌤은 서로 눈길을 나눈다.

조시가 말한다.

"그래, 좋다. 하지만 잠깐만 인사하고 와라. 지금은 기분이 좀 가라앉은 상태니까."

리브가? 기분이 가라앉은 상태라고?

허풍이려니 싶었지만 막상 방문을 열고 리브가 아픈 듯 배를 감싸고 모로 누워 있는 모습을 보니 가슴이 철렁 내려앉는다.

"오, 안녕, 공주님."

리브는 계속 모로 누워 있다.

"어떻게 된 거야? 신경 안정제라도 떨어진 거야?"

리브의 얼굴에서 희미한 웃음이 사라진다.

"네가 어떻게 그걸 알아?"

"응?"

나는 어리둥절해한다.

리브가 무릎을 끌어당겨 태아처럼 몸을 웅크린다.

"신경 쓰지 마. 넌 저녁 먹으러 돌아가는 게 좋겠다, 그렇지?"

질문이 아니다. 명령이다.

나는 들고 갔던 접시를 바닥에 내려놓고 살그머니 나온다. 나의 세상은 다시 어두워지고 있다.

　자기 전에 불쑥 앨리스를 찾아간다. 조시는 앨리스가 잘해 내고 있어서 주말은 집에서 보내도 된다고 허락했다. 곧 부모님이 와서 데려갈 예정이다.

　나는 침대에 앉아 앨리스가 줄무늬 윗도리를 개어 배낭에 넣는 모습을 지켜본다. 앨리스는 검은색 캉캉 치마와 하얀 집시 블라우스를 입고 있다.

"넌 행운아야."

부럽다. 여기서 지낸 지 4주 가까이 되었는데, 훨씬 더 오래된 느낌이다. 마음 한구석에서는 헤더가 빨간 자동차를 몰고 와서 나를 휙 데려가 주기를 바라고 있다. 하지만 그다음에는 어디서 살 것인가? 헤더는 집을 비우는 일이 잦아서 나를 돌봐 줄 수가 없다. 새엄마가 나를 곁에 둔다면 그것은 오로지 내 문제들을 보면서 우월감을 느낄 수 있기 때문이다.

그리고 아빠는…… 아, 아빠는 대체 어디 있는 걸까?

"왔다!"

초록색 자동차가 멈추어 서자 지켜보고 있던 앨리스가 말한다. 앨리스는 부드러운 머리채 아래서 수줍은 듯 나를 바라본다. 최고급 초록색 레인지로버에서 명품 바버 재킷(왁스를 이용해 방수 처리한 재킷 : 옮긴이)과 웰링턴 부츠(무릎길이의 승마용 부츠 : 옮긴이) 차림의 유쾌해 보이는 부부가 내리더니 앨리스가 내다보고 있는 창문을 향해 손을 흔든다.

질투심으로 가슴이 요동친다. 엄마야 이젠 다시 돌아올 수 없지만, 저 아래서 자랑스러운 눈빛으로 손을 흔드는 사람이 우리 아빠라면 얼마나 좋을까!

아빠가 레인지로버를 탈 만큼 부자였으면 좋겠다는 이야

기가 아니다. 아빠는 파란색 힐먼어벤저를 보닛에서 불이 날 때까지 백만 년은 탈 사람이다.

내가 말한다.

"재미있게 지내. 뮤즐리도 계속 먹고. 물론 그것만 먹으란 소린 아니고."

앨리스가 소리 내어 웃는다. 깡마른 팔이 배낭을 들어 올려 등에 메는 모습을 나는 지켜본다.

어쩌면 헤더가 곧 찾아올지도 모른다.

헤더는 오지 않았지만, 다음 날 아침 조시가 방문을 두드리면서 부엌으로 내려오라고 한다.

일요일이라서 달걀프라이 좀 해 달라는 소리인가 보다. 벌써 해가 떴고, 나는 요즘 들어 손을 15번씩만 씻는다. 초록 귀고리를 걸고 반지르르 윤기가 나는 멋진 머리를 빗는다. 옷장에서 연한 초록색 티셔츠를 꺼내고 나머지 옷들이 똑같은 간격을 이루도록 다시 정리한다.

그러고 나서 가장 좋아하는 스키니 진을 입고 은색 샌들을 신고 계단 꼭대기에서 뜀뛰기도 하지 않고 그대로 뛰어 내려간다.

부엌에서 커피 향이 진하게 풍긴다.

"좋아요, 제가 달걀프라이를 할 테니 당신은 베이컨을 맡을래요?"

나는 이렇게 말하며 부엌으로 불쑥 들어간다.

식탁에 한 사람이 앉아 있다.

구름 같은 머리카락이 얼굴을 감싸고 있다. 여윈 얼굴, 뾰족한 코.

그 여자는 누군가를 기다리는 듯 문 쪽으로 고개를 기울이고 있다.

나를 보고 일어나 두 팔을 내민다.

"젤라, 내 사랑. 잘 지냈니?"

새엄마가 포레스트 힐 하우스를 찾아온 것이다.

제17장
||||||||||||||||||||||

나는 그대로 멈추어 뒷걸음질 치지만 이미 늦었다.

새엄마가 번개처럼 일어나 부엌문을 가로막고 선다.

도망갈 길이 없다.

새엄마가 두 팔을 뻗으며 다시 말한다.

"젤라, 앉으렴. 우린 할 이야기가 있어."

"제가 당신을 만질 수 없는 거 아시죠."

나는 개수대 쪽으로 슬금슬금 다가가 정원에 누가 있는지 보려고 개수대에 기댄다. 혹시 비명을 질러야 할 순간이 생길지도 모르니까.

"생각보다 좋아 보이는구나."

새엄마가 비난하듯 찡그린 채 다가온다.

"그래, 훨씬 좋아졌어."

새엄마의 미소가 조금 희미해진다. 새엄마는 부드럽고 가는 자기 머리카락을 만지작거린다.

나는 점점 겁이 난다. 주위에 아무도 없다. 다들 어디로 간 걸까?

"원하는 게 뭐죠?"

개수대에 기댄 채 뒤쪽을 더듬다 보니 나무 수저가 손에 닿는다. 마른 나무가 내 피부에 닿는 감촉에 몸서리를 치면서도 수저를 꽉 잡는다. 새엄마와 5분 더 같이 있느니 세균이 몸속으로 들어오는 게 더 낫다.

새엄마는 입가에 희미한 미소를 띠고 있다.

"젤라, 바보같이 굴지 마. 나 좋은 일을 하자는 게 아니야. 너한테 가장 좋은 길을 찾자는 거지."

그런 말 따위는 믿지 않는다.

내가 식식거린다.

"당신은 날 미워해요. 아빠가 떠난 뒤로 나를 좋아하는 척 했을 뿐이에요."

아빠 이야기가 나오자 새엄마의 얼굴에서 웃음이 사라진다. 한숨을 푹 쉬며 식탁에 앉아 반짝이는 까만 가방을 뒤져 약병을 꺼내더니 알약 두 알을 입에 넣는다.

새엄마가 말한다.

"나는 아주 힘들었단다. 네 아빠가 떠난 뒤 나 혼자 남아 너랑 그 작은, 에헴, 문제를 떠맡아야 했잖아."

"네, 그 '작은 문제'는 이제 치료하고 있고, 전 잘 지내니까 제발 당장 가 주시겠어요?"

지금이라도 의사쌤이 낙낙하고 편안한 리넨 셔츠를 입고 짤랑거리는 팔찌를 차고서 부엌으로 바쁘게 들어오면 얼마나 좋을까, 조시가 느긋하게 들어와 주전자에 물을 채우고 반쯤 감긴 눈으로 끔벅끔벅 나를 바라본다면 얼마나 좋을까.

새엄마는 다시 일어섰다. 날카로운 눈으로 내 머리 모양과 옷을 살펴본다.

"오, 젤라. 그렇게 간단한 문제가 아니란다. 너도 알겠지만 여기서 지내는 비용은 아주아주 비싸. 나라면 절대로 댈 수가 없었을 거야."

비용?

말문이 탁 막힌다. 포레스트 힐 하우스에서 지내는 데 비용이 들 거라고는 한 번도 생각해 보지 못했다. 의사쌤과 조시가 마음에서 우러나온 친절로 아이들을 치료하고 있는 줄 알았다. 하지만 다시 생각해 보니 내가 바보였다. 당연히 돈을 받아야지.

그러자 모든 게 의심스러워진다. 의사쌤과 조시는 진정으로 나를 걱정하는 걸까? 아니면 나는 그저 지불해야 할 영수증에 지나지 않는 걸까? 내가 떠나면 그들은 현관문을 쾅 닫고 손을 탁탁 털면서 "휴, 고맙게도 가 버렸어. 우리도 전기

요금은 벌었으니까." 하지는 않을까? 우리 모두는 그저 신발 가게에 간 여자애들처럼 왔다 가는 손님일 뿐인 걸까? 분홍색 구두 상자 대신 고쳐진 뇌를 산다는 게 다르지만 말이다.

또 다른 생각이 불쑥 떠오른다.

"그렇다면…… 누가 지금까지 제 치료비를 댄 건가요? 새 엄마는 그 돈을 낼 수 없다면서요? 혹시 아빠예요?"

"그럴 리가."

가슴이 쿵쿵 뛴다.

"그 사람은 자기 문제에 파묻혀서 그럴 경황도 없어."

그렇다면 아빠가 어디 있는지도 안다는 이야기다.

하지만 그 문제는 일단 접어 두고 이 돈 문제를 확실히 알아야만 한다.

"그럼 누구예요?"

"헤더."

새엄마는 맛이 이상한 체리씨를 뱉듯 그 이름을 말한다.

"무슨 이유인지는 몰라도 그 여자는 네가 좋은가 봐. 네 아빠한테 첫 달은 자기가 비용을 낸다고 했대."

나는 방금 들은 이야기들을 정리하기 위해 식탁에 앉는다. 머리가 빙글빙글 도는 것 같다. 그러니까…… 아빠는 내가 여기 있는 줄 안다. 그런데도 전화도 하지 않고 편지를 보내거나 찾아오지도 않았다. 꼬박 한 달이나 지났는데도 말이다. 헤더와 새엄마하고는 이야기하고 있었다.

정말 아빠는 어디 있는 걸까? 무슨 일이 있는 걸까?

"아빠를 만나고 싶어요. 당장요."

새엄마는 마른 몸에 모피 외투를 두르고 일어선다.

"미안하지만, 그 사람하고는 연락이 안 된단다. 과연 널 만나고 싶어 할지도 모르겠고. 널 보면 옛 생각이 너무 많이 날 테니까. 네 엄마가 죽고 나서 헤더는 모든 것을 망쳐 버렸어. 그 여자가 방해만 안 했어도 나는 여전히 네 아빠랑 같이 살고 있었을 텐데!"

내 귀를 믿을 수가 없다.

눈앞에서 거대한 분노의 불꽃이 치솟는다. 꼭 카로의 만화에 등장하는 인물이 된 기분이다.

"헤더는 엄마를 도와주었고, 나를 도와주었어요. 그런데 어떻게 그런 말을 할 수가 있죠?"

새엄마는 고개를 절레절레 젓는다.

"이제 다 지나간 일이야. 어쨌거나 짐이나 싸라. 아빠가 없는 동안 너는 내 책임이니까. 나랑 같이 가야 해."

다리가 후들후들 떨린다. 다들 대체 어디 있는 걸까? 왜 리브가 나를 구하러 오지 않을까? 아니면 의사쌤이라도.

나는 겨우 입을 연다.

"집에 가지 않을래요. 여기서 사귄 친구들이 날 돌봐 줄 거예요. 여기 있을래요."

새엄마가 다가와 검은 장갑을 낀 손으로 내 팔을 붙든다.

나는 화가 나서 새된 비명을 지른다. 2년이 넘도록 아무도, 아무도 내 팔을 잡을 수 없었다. 그런데 새엄마가 감히 불쑥 쳐들어와 손을 댄 것이다.

나는 팔을 흔들어 뿌리치고 의사쌤을 목청껏 부르지만 위층에서 터져 나오는 요란한 음악 소리에 묻혀 버린다. 새엄마가 내 쪽으로 경고하듯 손을 올린다.

"겁먹지 마. 집에 데려가는 게 아니야. 너랑 같이 사는 건 힘들다고 했잖니. 애초에 네가 가야 했던 병원으로 데려갈 거야."

새엄마가 내 개인 공간을 침범해 바짝 다가선다. 새엄마의 가죽 장갑에서 풍기는 죽은 동물 냄새에 채식주의자가 된 듯 구역질이 난다.

나는 악을 쓴다.

"나한테서 떨어져요! 병원에는 안 갈 거예요. 병원에 가면 나는 끝장이에요!"

물론이다. 그게 새엄마가 바라는 것이다. 나를 완전히 끝장내서 의례 행위들이 더 악화되면 영원히 정신 병원에 맡길 수 있고, 그러면 나한테서 완전히 손을 뗄 수 있으니까.

내가 말한다.

"보세요. 난 많이 나았어요. 이렇게도 할 수 있으니까요!"

나는 온 힘을 다해 새엄마를 밀치고 부엌문을 벌컥 연다. 샌들을 탁탁거리며 타일 깔린 복도를 뛰어가 현관문을 연다. 고속 도로로 뛰어나가 아무 트럭이나 자동차를 잡아탈 생각이다. 조시가 서랍장을 들고 현관 앞으로 오고 있는 줄은 꿈에도 몰랐다.

조시를 보았을 때는 너무 늦었다. 서랍장과 부딪혀 이마에 둔탁한 통증이 지나간다.

"더러운 거면 안 되는데."

나는 머리를 감싸며 이렇게 중얼대다가 겁에 질려 뒤를 돌아본다. 새엄마는 어디로 갔지?

조시가 걱정스러운 눈빛으로 다가와 우뚝 선다.

"얘야, 괜찮니?"

다음 순간 세상이 온통 암흑으로 변하고 만다.

제18장

⁗⁗⁗⁗⁗⁗⁗⁗

눈을 뜨고 얼굴 위로 매달려 있는 복도 조명등을 보며 가장 먼저 든 생각은 이렇다.

오, 아주 훌륭해. 도망치려고 죽을힘을 다했는데 아직도 여기라니.

말이 어눌하게 나온다.

"어, 어떻게 된 거죠?"

주위를 둘러보고 싶지만 눈에 흐릿한 비닐 랩 같은 것이 씌워져 있는 것 같다. 보이는 거라고는 시커먼 눈구멍이 뚫린 크고 하얀 달덩이 같은 것이 우뚝 서 있는 모습뿐이다.

나는 겁이 나서 손을 내젓는다.

"꺼져." 하고 웅얼거린다.

하얀 달덩이는 잠시 그대로 떠 있더니 다음 순간 검은 관들이 늘어선 눅눅한 지하 납골당으로 슬그머니 돌아간다.

짜증스러운 목소리가 말한다.

"맙소사, 강박증, 정신 차려. 좀 상냥하게 굴 수 없니? 뭐 그래⋯⋯, 기대한 내가 바보지."

카로다.

말소리가 나는 쪽으로 눈의 초점을 맞추려고 애쓴다.

내가 나직하게 묻는다.

"왜 네가 흡혈귀처럼 보이지?"

재밌다는 듯 짧고 거친 코웃음이 들린다.

"내 티셔츠를 보고 있는 거야. 어쨌거나⋯⋯ 뭐라도 보이면 다행이고."

마릴린 맨슨의 사악한 얼굴이 시야에 들어온다.

"아, 정말 다행이다. 나는 저승에 온 줄 알았어."

"내 인생에 들어온 걸 환영해."

카로는 지금 나를 보고 활짝 웃고 있다. 생각지도 못했던 놀라운 현상이다. 카로의 이는 작고 하얗고 약해 보인다. 지금까지는 카로한테 이가 있는 줄도 몰랐다.

"웃으니까 예쁘다."

나는 분명 뇌진탕이나 그와 비슷한 증상 같은데, 이상하게도 말이 멈춰지지 않는다.

"뭐랄까⋯⋯, 좀 더 여자애 같고 덜 심술궂게 보여."

카로가 웃다 말고 원래의 찡그린 얼굴로 돌아간다.

정신이 들고 보니 나는 까맣고 하얀 타일이 깔린 차가운 복도에 누워 있다. 그것을 깨닫는 순간 기겁하고 당장 일어나려 한다. 중대한 오염 경보다! 사람들 신발에서 떨어진 온갖 흙덩이가 내 등과 엉덩이와 머리에 달라붙어서 좋을 리가 없다.

조시가 말한다.

"워워, 진정해. 혹시 모르니까 움직이지 마. 에린이 조언을 구하려고 의료 상담 전화와 통화하고 있어."

내가 웅얼거린다.

"으응? 왜요?"

"아르 데코풍 서랍장을 들고 오는데 네가 불쑥 나타나 쾅 부딪혔어. 정말 애석한 일이지. 흠집이 났는데 고치지도 못하고. 아니, 농담이야."

나는 무슨 일이 있었는지 기억해 내려고 애쓴다.

"왜 내가 뛰고 있었지?"

카로가 말한다.

"음, 복도에서 어떤 깐깐한 여자를 만났는데, 네 새엄마라더라."

차가운 냉기가 발끝에서부터 머리까지 밀려 올라온다. 흐릿하던 것이 싹 걷히고 머릿속이 대낮처럼 환해진다.

나는 속삭이듯 묻는다.

"어디……, 그 사람 어디 있어?"

카로는 부엌에 가서 과일주스를 한 잔 들고 온다. 내가 손을 내밀었지만 자기가 마셔 버린다.

"사라졌어."

"뭐?"

무슨 말인지 통 모르겠다.

눈물 때문에 눈가가 따끔거린다. 머리가 아프고 눈은 여전히 흐릿하다.

기억을 떠올리며 말한다.

"새엄마. 새엄마가 나를 여기서 데리고 나가 정신 병원에 넣으려고 했어."

조시가 얼굴을 찌푸린다.

"그 사랑스러운 여인이? 내가 들여보내 주었어. 매력적인 사람이었는데."

나는 부엌에서 있었던 이야기를 들려준다.

조시는 내 머리 옆에 웅크리고 앉아 믿기지 않는다는 듯 고개를 절레절레 흔든다.

"아, 젤라. 왜 도와 달라고 하지 않았니? 나한테 실망했나 보구나. 다들 리브한테 신경 쓰느라 너한테 소홀했어."

"괜찮아요."

중요한 것은 새엄마가 이 세상에서 사라져 버린 것 같다는 사실이다.

응급 전화 상담원은 내가 침대에 누워 안정을 취해야 하고 약한 뇌진탕이 있는지 검사해야 한다고 조언해 준다.

의사쌤은 나를 곧장 방으로 보낸다.

"의례 행위를 한다고 방에서 나오면 안 돼. 꼭 해야 한다면 내가 그릇을 가져다줄 테니까 침대에 앉아서 해."

의사쌤이 침대맡 스탠드를 켜 놓고 나간다.

나는 옆에 마마이트샌드위치 접시가 놓여 있는 하얀 침대에서 바싹 메마르고 절망적인 상태로 세 시간째 누워 생각이란 걸 해 보려 애쓴다.

몸이 회복되면 어디로 가야 할까?

돈 때문에 이곳엔 더 머물 수 없다.

집에도 갈 수 없고, 새엄마도 자취를 감춘 것 같다.

고아원? 구빈원? 공장? 판지 상자 속? 암울한 가능성들을 죽 훑고 있는데 방문이 끼익 열리면서 군데군데 금발로 밝게 염색한 눈에 익은 빨간 머리가 쑥 들어온다.

"늦어서 미안해. 고속 도로가 얼마나 막히던지! 다섯 장짜리 마돈나 박스 세트를 다 들었다니까!"

그날 저녁 나는 처음으로 소리 내어 웃는다. 머리가 아프지만 기분은 좋다.

헤더는 침대맡에 앉아 광택지를 쓴 잡지와 스포츠 음료, 비싼 세정용품과 고급 유기농 초콜릿을 내놓는다.

"얼마 동안은 버틸 수 있을 거야."

헤더가 마마이트샌드위치에 혐오의 눈빛을 던진다.

헤더의 작은 친절에 나는 다시 눈물이 그렁그렁해지고, 고 아라도 된 듯한 비극적인 내 표정을 보고 헤더도 이내 울기 시작한다. 둘 다 코를 훌쩍이고 힝힝거리다가 얼굴이 새빨개 진 채 웃고 만다.

"오, 이런, 우린 정말 초콜릿이 필요해."

헤더가 초콜릿을 반으로 뚝 잘라 입에 넣는다. 그러고는 나머지 반쪽을 내 입에 넣어 준다.

우리는 속이 더부룩해질 때까지 초콜릿을 먹어 댄다. 그런 다음 헤더는 베개들을 도도록이 만들어 주고 목욕 수건을 적셔 얼굴과 손을 닦아 준다.

"고마워요."

손이 깨끗해지자 기분이 날아갈 듯하다. 의사쌤의 엄명을 받은 터라 의례 행위를 치를 기회가 없었다.

헤더가 말한다.

"손님이 올지도 모르니까 단정한 모습으로 있어야지."

그런데 헤더가 안절부절못하며 자꾸 문 쪽을 힐끔거린다.

가슴이 두근거린다. 혹시 솔이 찾아와 내 침대맡에서 진

지한 로맨스 영화의 한 장면을 연출하는 건 아닐까? 거무스름하고 정열적인 솔과 상실감에 빠진 표정으로 하얀 시트에 연약하고 창백하게 누워 있는 내가 주인공이 되어서 말이다.

"귀고리요!"

헤더가 내 말을 금방 알아듣고 걸고 있던 큼지막한 링 금귀고리를 끌러 세면대에서 씻는다. 그런 다음 내 귀에 달아 준다. 내가 좋아하는 스타일은 아니지만 기분이 한결 나아진다.

나는 나름 도발적이고 애교 있는 미소를 지으며 말한다.

"좋아요, 들어오라고 해요."

헤더가 어리둥절한 표정으로 바라본다.

"어떻게 알았니?"

"뭘요?"

헤더는 이미 문가로 가서 누군가에게 들어오라고 손짓하고 있다.

검은 형체가 한순간 빛을 가린다.

솔이 그새 키가 60센티미터나 자라고 몸집도 커진 게 분명했다. 어쩌면 그동안 체육관에서 운동을 했는지도 모른다. 아니면 70년대풍 춤꾼이 되어 통굽 신발을 신었는지도 모르고. 뇌진탕을 겪은 혼미한 머릿속에서 온갖 생각들이 꼬리를 물고 이어진다.

그 형체가 침대로 다가오자 익숙한 냄새가 풍긴다. 퀴퀴한 나뭇조각들과 뒤섞인 올드스파이스 애프터셰이브 로션 냄새, 가죽 냄새, 탤컴파우더(활석 가루에 붕산, 향료 등을 섞어 만든 것으로, 주로 땀띠약으로 쓰인다 : 옮긴이) 냄새와 비슷한 희미한 드라이 샴푸 냄새.

두 팔을 내밀고 싶지만 헤더가 시트를 깔고 앉아 움직일 수 없어서 나는 목청껏 소리친다.

응급 상황에 대비하고 있던 의사쌤과 조시가 뛰어 들어오지만 상관없다.

나는 가슴이 터지도록 외치고 또 외친다.

"아빠!"

제19장

⁗⁗⁗⁗⁗⁗⁗

아빠가 부드럽고 신중하게 내 이마에 입을 맞추려고 천천히 몸을 숙인다.

나는 공포에 휩싸여 고개를 젓는다. 아빠가 내 상태를 기억해 내고 초조하게 헛기침하며 몸을 일으킨다. 언제나처럼 빨간 체크무늬 셔츠와 팀버랜드 부츠에 청바지 차림인데, 눈 밑 피부가 종잇장처럼 창백하다.

나는 다시 말한다.

"아빠."

다른 말은 할 줄 모르는 사람 같다.

아빠. 우리 아빠가 바로 이 방에 있다.

"안녕, 공주님."

아빠의 말에 눈물이 펑펑 쏟아진다. 한바탕 운 뒤에 아빠한테 나를 공주님이라 부르는 리브라는 아이가 있는데, 지금은 몹시 아프다고 이야기해 준다.

아빠는 침대 언저리를 톡톡 두드리고 고개를 끄덕이며 귀를 기울여 준다.

"그래, 아빠가 왔어."

아빠가 몇 번이고 말해 준다.

뒤로 물러나 있던 헤더는 활짝 웃으면서 남은 초콜릿을 먹어 치우는 짬짬이 내 쪽으로 엄지손가락을 치켜든다.

내가 헤더한테 묻는다.

"아빠를 어떻게 찾았어요?"

아빠와 헤더는 서로 눈길을 나눈다.

헤더가 입을 연다.

"젤라, 처음부터 아빠가 어디 있는지 알고 있었단다. 아빠가 네 치료비를 보낸 거야."

나는 아빠를 보다가 다시 헤더를 바라본다. 도무지 이해가 되지 않는다.

"그런데 그동안 어디 계셨어요, 아빠? 제가 어떻게 지내고 있는지 궁금하지 않았어요? 어떻게 절 찾아오지도 않을 수 있죠?"

아빠가 한숨을 푹 내쉬며 말한다.

"왜냐하면, 왜냐하면 나도 치료받고 있었거든."

침대 옆으로 다가온 헤더가 아빠의 어깨를 감싸 안는다.

"무슨 치료요?"

아빠가 두 손에 얼굴을 파묻는다.

헤더가 나를 돌아본다.

"아빠는 술에 너무 빠져 버렸어. 엄마도 돌아가시고 너도 안 좋고 해서 말이야."

당연히 그렇겠지.

아빠한테서 나던 고약한 술 냄새가 떠오르면서 머릿속에서 작은 영상들이 되살아난다. 아빠가 나 몰래 쇼핑백에서 수많은 포도주병들을 꺼내 찬장과 개수대 아래 차곡차곡 넣어 두던 장면. 술집에서 늦게 돌아온 아빠를 못마땅하게 노려보는 새엄마의 눈초리와 담배 냄새와 술 냄새가 화장실 복숭아 방향제 냄새와 뒤섞여 나던 것.

"그래서 지난 한 달 동안 어디 계셨어요?"

차갑고 쌀쌀맞은 말투지만 나도 어쩔 수 없다.

아빠가 목을 큼큼 가다듬는다.

"치료 센터에서 도움을 받고 있었단다. 너를 위해서 더욱 강해질 수 있도록, 이것을 이겨 내려 애쓰면서."

"아. 하지만…… 왜 문자도 보내지 않았어요?"

아빠가 말한다.

"그곳은 전화기가 허용되지 않는단다. 편지만 쓸 수 있어."

"그럼 왜 편지도 쓰지 않았어요? 제가 집에서 지내고 있었을 때 편지를 보냈으면 됐잖아요."

아빠가 손에 묻고 있던 얼굴을 든다.

"편지를 썼지. 수도 없이. 네 새엄마가 서랍장 속에 숨겨 버렸어. 왜 그랬는지는 누가 알겠니. 오늘 저녁에 치료 센터에서 나와 집에 가서야 그 편지들을 발견했단다."

나는 스포츠 음료병을 향해 손짓을 한다. 입술이 바싹 구운 식빵보다 더 메말라 있다.

헤더가 한 잔 따라서 깨끗한 화장지로 감싼 뒤 내게 준다.

나는 부드러운 오렌지색 거품이 떠 있는 음료수를 벌컥벌컥 마신다.

"왜 그 여자랑 결혼했어요? 대체 왜 그랬어요?"

아빠는 한숨을 쉬고 창밖의 가로등을 바라본다.

"네 엄마가 세상을 떠난 뒤 나는 엉망진창인 상태였단다. 예쁜 얼굴에 흔들렸던 것 같아. 네 새엄마는 매력적인 면도 있단다."

"하! 저는 매력적인 모습을 별로 못 봤는데요. 그럼 왜 새엄마를 두고 떠났어요?"

나는 고집스럽게 묻는다. 이 모든 것을 나도 확실히 알아야겠다.

아빠는 헤더와 다시 한 번 눈길을 주고받는다.

아빠가 입을 연다.

"내가 떠난 게 아니야. 새엄마가 술 마시는 것에 질려서 날 쫓아냈단다. 헤더가 도와주지 않았으면 나는 완전히 망가졌을 거야."

머릿속에서 쿵 소리와 함께 거대한 퍼즐 조각이 맞춰진다.

"잠깐만요. 아빠랑 헤더. 두 사람 지금 사귀는 중이죠, 그렇죠?"

아빠가 헤더를 사랑하게 된 게 언제부터인지 따져 물을 생각은 아니었는데, 아빠는 대개의 부모들이 그렇듯 귀신같이 내 마음을 읽어 낸다.

아빠가 말한다.

"네 엄마가 죽고 나서지, 그 이전은 아니야. 네 엄마도 괜찮다고 했을 거라고 믿고, 또 바란단다. 엄마는 헤더를 무척 좋아했으니까."

그것은 사실이다. 나도 헤더를 좋아한다. 이제 아빠한테 화낼 이유가 점점 사라지고 있어서 아빠와 헤더에게 조심스러운 미소를 보낸다.

내가 말한다.

"그런데 아빠, 헤더는 아빠에 비해 너무 젊어요."

헤더가 말한다.

"나도 네 대리모가 될 생각은 조금도 없단다."

긴장했던 우리는 함께 소리 내어 웃는다.

제 20 장

,,,,,,,,,,,,,,,,,,,,,,,,,,,,

2주 뒤 나는 포레스트 힐을 떠난다. 의사쌤이 통원 치료를 할 수 있게끔 집에서 가까운 치료실을 알아봐 주었다.

의사쌤과 조시와 솔, 카로와 리브가 나를 배웅해 준다. 앨리스는 부모님이 계신 집으로 완전히 돌아가도 된다고 허락을 받은 터라 지금 없지만, 내 휴대폰으로 전화를 걸어 그 수줍고 조용한 목소리로 행운을 빌어 주었다.

솔이 앞으로 나와 나를 안아 주었는데, 실제로 몸이 닿지는 않았다. 오히려 나는 닿기를 바랐지만.

"편지할게."

솔은 이렇게 말하고 손을 내밀어 한순간 내 손을 잡는다. 나는 가만히 있는다.

의사쌤과 조시는 처음 듣는 솔의 목소리와 내가 화장지도 없이 다른 사람의 손을 잡고 있는 광경이 믿기지 않는 듯 눈이 휘둥그레진다.

두 사람이 서로에게 재빨리 미소를 짓는다.

그것을 본 나는 얼굴이 빨갛게 물들고 눈에 눈물이 그렁그렁 차오른다.

카로가 구역질하는 소리를 내며 활짝 웃는다. 지난 한 주 동안 카로는 뾰족한 모서리들이 둥글둥글해진 듯 훨씬 부드러워졌다. 작별 선물로 전보다는 덜 충격적인 만화를 준다. 까만 곱슬머리에 뺨이 붉고 기다란 귀고리를 한 여자아이가 거대한 변기를 향해 긴 칼을 겨누고 있는 그림이다. 변기통에는 눈과 송곳니가 있다. 그 만화의 제목은 〈죽음의 변기와 싸우는 젤라〉다.

카로가 말한다.

"행운을 빌어, 강박증."

리브는 뒤로 한 걸음 물러서서 어색해하며 운동화만 내려다보고 있다.

"가상의 포옹, 공주님?"

리브가 몸이 닿지 않도록 두 팔을 크게 벌려 나를 안는다.

초록색 점퍼와 담배 연기와 헤어 젤이 어우러진 편안한 냄새가 훅 끼치자 눈물이 왈칵 솟는다.

나는 간신히 쉰 듯한 목소리로 말한다.

"바보 같은 짓은 절대 하지 마."

리브가 씩 웃는다. 예전과 같은 웃음은 아니지만 아주 오랜만에 보는 웃음이다. 리브도 더 나아질 것이다.

의사쌤은 현명하게도 안으려 하지 않고 그 상냥하고 초롱초롱한 눈으로 나를 내려다보기만 한다.

"너는 잘될 거야, 젤라."

조시는 나한테 가볍게 인사하고 하품을 하며 졸린 윙크를 보낸다.

"건강하렴."

다섯 사람은 높다랗고 하얀 집의 계단 꼭대기에 서 있고 나는 헤더의 빨간 포르셰 뒷자리에 탄다. 아빠와 헤더는 앞자리에 앉아 있다. 이 차에는 뒷좌석이 없어서 트렁크에 앉아 있는 셈이지만, 뭐 상관없다.

의사쌤, 조시, 리브, 카로와 솔이 다섯 개의 흔들리는 까만 점으로 보일 때까지 뒤쪽 창으로 지켜본다.

내 인생의 중대한 한 부분이 막을 내렸다는 게 믿기지 않는다.

목이 멘다.

벌써부터 그들이 그리워진다.

아빠는 새엄마를 집에서 쫓아냈다. 헤더더러 들어오라고 했지만, 헤더는 당분간 '독립적인 생활'을 유지하고 싶어 해서 그냥 이웃해서 살기로 한다.

집으로 돌아온 날 밤 나는 짐을 모두 푼다. 간격을 두고 옷을 걸지만 굳이 자까지 가져와 4센티미터씩 재지는 않는다.

나는 옷 간격을 꼼꼼히 살피면서 말한다.

"이만하면 됐어."

아래층으로 깡충깡충 내려가면서도, 계단 꼭대기에서 10번만 뛰고 계단 아래서도 10번만 뛴다.

비가 오는데도 아빠는 밖에서 바비큐 석탄에 불을 붙이고 있다.

"안녕, 공주님."

아빠에 대한 사랑과 아픔으로 가슴이 지끈거린다.

"아빠, 술 문제를 저한테 솔직히 말해 주지 그랬어요. 저도 도울 수 있었을 텐데."

아빠는 가스라이터와 석유 깡통과 뒤집개, 부젓가락 따위를 내려놓는다.

시커먼 연기 한 줄기가 내 쪽으로 천천히 날아오고 있다. 오염 경보다. 나는 몸을 피한다.

"어떻게 말할 수 있겠니? 너는 네 문제만으로도 힘들었는데. 게다가 나한테 문제가 있다는 사실을 인정하기도 부끄러웠단다. 나는 강한 사람이어야 한다, 기억하지?"

내가 말한다.

"아빠는 강한 사람이에요."

집으로 돌아왔을 때 아빠는 우리가 보는 앞에서 포도주와 맥주를 몽땅 개수대에 쏟아부었다. 모두 세 시간이나 걸렸는데, 그러는 내내 아빠의 눈빛은 엄숙하고 단호했다.

비가 쏟아져서 아빠가 결국 바비큐를 포기하고 집 안으로 들어간다. 아빠는 튀김옷을 입힌 냉동 닭고기를 조리하고 감자튀김을 데운다. 아빠와 나는 탄산이 든 레모네이드로 건배한다.

내가 말한다.

"엄마가 있었으면 놀려 댔을 거예요. 엄마는 늘 아빠더러 공기도 구워 먹으려고 할 사람이라고 했죠."

아빠가 말한다.

"네 엄마는 많은 말을 했지. 일부는 사실이야. 완전히 지어 낸 것들도 있지만. 괴짜이긴 했어도 네 엄마가 그립구나."

우리는 금빛 소용돌이무늬가 있는 까만 테를 두른 긴 거울 앞에 서 있다.

아빠가 내 마음을 읽는다.

"내일 내다 버릴 거야."

거울에 비친 아빠와 내 모습이 보인다. 빨간 캉캉 치마를 입고 아주 길게 달랑거리는 빨간 귀고리를 달고, 검은 머리

를 한쪽으로 쓸어 올린 듯한 근사한 머리 모양을 한 예쁜 십
대 여자애가 보인다. 그 뒤에는 축 처진 갈색 머리에 빨간 체
크무늬 셔츠를 입은 덩치 크고 곰처럼 생긴 남자가 서 있다.

아빠는 나와 닿을락 말락 하지만 닿아 있지는 않다.

거울 한복판에 큼직한 얼룩이 떡하니 보인다.

윽! 오염 경보다.

얼룩을 눈여겨보는 나를 아빠가 지켜보고 있다.

"걱정 마세요, 아빠. 이제 강박증을 잘 다스릴 수 있어요.
저 얼룩은 내버려 둘 거예요."

아빠가 너무 오래 구워 버린 사과파이를 꺼내러 가자 나
도 따라간다. 그러다 걸음을 멈춘다.

머릿속으로 나중을 위해 그 얼룩이 어디 있는지 기억해
둔다.

혹시 모르니까.

감사의 말

이 작업에 크나큰 열정을 보여 준 나의 에이전트 피터 벅먼에게 감사 인사를 전합니다. 그리고 즐겁게 일할 수 있게 해 준 리어 택스턴과 에그몬트 출판사에도 고마움을 전합니다. 더불어 사라 스토벨과 수 폭스에게도 사랑과 감사를 보냅니다.

옮긴이의 말

이 책은 강박증을 가진 십 대 소녀 젤라의 이야기입니다. 젤라의 엄마는 암으로 세상을 떠나고 딸의 버팀목이 되어야 할 아빠는 슬픔에 젖어 술에 의지하는 신세지요. 젤라는 아빠로부터 자기 이름이 젤라가 된 진짜 이유를 듣고 정체성이 무너지는 충격을 받습니다. 엄마, 아빠는 물론이고 자신조차도 믿을 수 없게 되지요. 혼란스러운 상황에서 결국 '의례 행위'에 의지하게 됩니다. 손과 얼굴을 박박 씻고 뜀뛰기를 하고 오염 경보와 세균 경보에 예민하게 반응하는 것은 불안을 잠재우려는 몸부림이지요.

이런 젤라가 별나게 느껴질 수도 있지만, 사실 인생을 통틀어 가장 불안정하고 혼란스러운 시기가 청소년기(혹은 사춘기)라는 점을 생각해 보면 젤라가 느끼는 불안과 그에 따른 강박 행동들은 우리 역시 경험하는 '보통 일'이 아닌가 싶습니다. 물론 정도의 차이는 있겠지만요. 자신이 누구인지에 대한 생각도 많아지고, 가족이나 친구와 원만하게 관계를 형성하는 것조차 결코 쉽지 않지요. 시행착오를 겪는 과정에서 상처를 입기도 하고 혼란과 불안을 느끼기도 합니다. 우리에게 강박증은 다소 낯설 수 있지만, 젤라가 느끼는 혼란과 불안은 전혀 낯설지 않습니다. 어쩌면 우리 안에서도 젤라의 일면을 찾을 수 있을지도 모르지요.

이 작품에는 강박증, 우울, 자해, 알코올 중독 같은 무거운 소재들이 등장하지만 작품의 분위기는 어둡지 않습니다. 오히려 경쾌하고 때로는 유머러스하게 읽힙니다. 사랑스럽고 유쾌한 주인공 젤라의 목소리로 이야기가 전개되어 십 대들의 고민과 관심사가 잘 녹아 있으면서도 풋풋하고 발랄한 에너지를 느낄 수 있습니다.

젤라는 여리고 예민한 소녀지만 힘든 상황에서도 유머 감각을 잃지 않고, 다른 사람을 배려할 줄 아는 아이입니다. 젤라가 포레스트 힐에서 만난 의사쌤과 조시, 카로, 리브, 앨리스, 솔도 개성이 넘치고 매력적인 인물들이지요. 저마다의 상처를 가진 인물들이 한 공간에서 생활하며 조금씩 마음을 열고 우정을 쌓아 가는 모습에서 코끝 찡한 감동을 느낄 수 있습니다.

이 작품을 번역하면서 혼란의 시기를 걸어가고 있을 우리나라의 많은 청소년들이 떠올랐습니다. 다르다고 경계를 짓거나 이상하다고 밀어내지 말고 그들 곁에 아픔을 품어 주고 도와줄 수 있는 친구가, 혹은 어른이 있었으면 하는 바람을 가져 봅니다.

누구나 힘든 상황에서는 '젤라'가 될 수 있습니다. 하지만 의사쌤의 말대로 '문제'와 나는 별개이지요. 여러분도 앞에 놓인 문제와 자신을 동일시하지 말고 용기를 내었으면 좋겠습니다. 여러분에게는 희망이 있고, 싱그럽고 푸른 내일이 기다리고 있으니까요.

장미란